雨上がりの空に君を見つける

菊川あすか

STARTS
スターツ出版株式会社

空に花が咲いたあの日。
君の言葉が、この目に映る世界を変えてくれたんだ。
だから、今度は……——。

目次

雨上がりの空に君を見つける

第一章　カラフルな世界

どうしてこんなことになってしまったのか。

特別優しいわけでも、ムードメーカーというわけでも、クラスのまとめ役というわけでもない。

それなのに、なぜか男女問わず人気がある。

無駄に声がよくて、おまけにやたらと顔がいい男、里美蒼空（さとみそら）。

彼だけは、絶対に嫌だったのに……――。

*

窓際のうしろの席、向かい合わせたふたつの机の上には、緑、青、ピンクと、いつも通り三つのカラフルな弁当箱が置かれている。

私、雨沢花蓮（あまさわかれん）と、クラスで一番仲のいい今井千穂（いまいちほ）、江崎菜々子（えざきななこ）のお弁当だ。

「体育祭まであと二週間かぁ。大縄とか借り物競争はいいとして、リレーなんて走りたい人だけ走ればいいじゃん。なんで全員リレーなわけ？　全員走るって勝手に決めないでよね！」

ほんのりピンクに色づいた唇を尖（とが）らせた菜々子は、頬杖（ほおづえ）を突きながら不貞腐（ふてくさ）れた。

ミルクティーベージュの髪を今日は緩く編み込んでいて、涙袋にのせられた薄いオレンジのラメは、いつもよりキラキラ感が増している。

「何言ってんの。菜々子は普段運動しないんだから、ちょっとは動かないと体がなまるよ。体育祭の時くらいは頑張って走んな」

菜々子の正面に座っている千穂は、足だけじゃなく食べるのも速くて、手元のお弁当に視線を下げたまま次々と箸を口に運んでいる。お弁当の中身は、いつの間にかあと三分の一ほどになっていた。

「千穂は走るのが速いから簡単にそんなことが言えるんだよ。あたしはこれからも絶対、運動とは無縁の人生を送ってやる！」

どういう決意なのか分からないけれど、「体育祭や体育の授業はしかたなく参加してるんだよ」と不満をたれる菜々子の気持ちは、同じく運動が苦手な私にもなんとなく分かる。

全員リレーなんて、走るのが遅い子にとっては地獄だ。抜かされたらどうしようという重圧に耐えながら、とにかくバトンだけは誰よりも上手く受け渡しができるように練習して走り切るしかない。

「運動は大事だよ。花蓮もそう思わない？」

千穂に話を振られた私は箸を下げ、ふたりの顔を順によく見た。それから少しだけ考えて、口を開く。

「んー。私も運動はあまり得意じゃないし、自分のせいでクラスが負けたらと思うと、プレッシャー感じちゃうかな」

「でしょでしょ？　花蓮なら分かってくれると思ったよ～」

前のめりになって人懐っこい笑顔を浮かべる菜々子の頭を撫でた私は、続けて千穂に目を向けた。

「でも、運動が大事だっていう千穂の気持ちも分かるな。運動する習慣をつけたほうが健康にもいいし。だからさ、激しいのは無理でも、できるだけ歩くようにするとかなら菜々子にもできるんじゃない？」

当たり障りのない、けれどどちらも不愉快にならないようなちょうどいい言葉を並べた。

相手の気持ちを考えて、どちらの意見も否定しない。どちらの意見も受け入れる。そうすれば誰も傷つかないし、なんの問題も起こらずに今という時間を楽しく過ごせるから。

「確かに。あたし、歩いて三分のコンビニでも自転車で行くからなぁ」

「よし、じゃあ明日から一緒に早朝ランニングでもしよっか」

「え～！　無理無理無理、それは絶対に無理！」

両手と首を思い切り振って拒否する菜々子を見て、千穂が笑った。

菜々子と千穂のやり取りは、陽だまりみたいな明るいオレンジだ。心から楽しんでいるのが伝わってくるその色に、私は頬を緩ませながら玉子焼きを口に入れた。

私がふたりと仲良くなったのは、入学してわりとすぐだった。というのも、単純に出席番号の関係でたまたま席が近かったから。最初に菜々子が私に話しかけてきて、それから千穂にも声をかけて……という流れだったと思う。

お洒落で明るくて素直で小動物系の可愛さがある菜々子と、一年にして早くもバスケ部のスタメンに選ばれるほど運動神経がよく、ショートボブがよく似合う長身美女の千穂。

間違いなくクラスでも目立つふたりとは反対に、私は顔も身長も学力も運動も普通、平均、真ん中。自慢できるのは、髪質くらいだろうか。肩の下まで伸びた髪は、染めていなくても少し茶色くて、ヘアアイロンを使わなくても真っ直ぐでサラサラだ。

そんな私がタイプの違うふたりとすぐに仲良くなれたのは、神様が不安に苛まれていた私を見かねてか、単なる運か。なんにせよ、千穂と菜々子は高校生になって初めてできた私の大切な友達だ。

入学して五ヶ月が過ぎ、昼休みはこうして三人で過ごすことがあたり前になっていて、まるで昔から友達だったかのように、不思議なほど気が合う。

これからもずっと仲良くしていきたいという気持ちは本心なのだけれど、でも、私には誰にも言えない秘密があって……。

「――えっ、もう好きじゃなくなったの⁉」

お弁当を食べながら考え事をしていた私は、ボリュームを上げた千穂の声にハッと顔を起こした。

「サッカー部の先輩を好きになったのって、ついこの前じゃん」

心持ちつり上がった千穂の目が正面に向くと、菜々子は追及から逃れるように視線を窓に逸らした。

「だって〜、先輩めっちゃモテるんだもん。彼女はいないらしいけど、あんなにモテる人を好きになっても結局無理じゃん？」

軽い口調で返した菜々子は、お弁当のプチトマトをひとつ口に入れる。

「無理じゃんって、私に言われてもそんなの知らないよ。好きになったって言って、はしゃいでたのは菜々子だよね？」

一方、背筋をピンと伸ばしている千穂は、箸を握ったまま呆れたようにため息を漏らす。

「あたしは好きになった〝かも〟って言っただけだし」

私は左右に視線を泳がせ、ふたりの顔を交互に見た。

「そんなことどうだっていい。あのさ、菜々子の好きになる基準って何？　無理か無理じゃないかで決まるの？　でも、それって好きとは違うよね」

千穂がそう言い放つと、千穂の周囲を包む空気が変わった。鮮やかだったはずのオレンジが、徐々に薄い灰色に覆われていく。

外は変わらず清々しい秋晴れだけれど、どうも雲行きが怪しい。といっても、これは天気がどうこうという話ではなくて……。

「いい加減な恋愛してたって、意味ないでしょ」

千穂のまわりで複雑に混ざり合う色。中でも多くを占めているのが、灰色だ。

灰色は不安とか心配とか悩みとか、それこそ晴れない曇り空のような気持ちを表す色。でも赤は見当たらないから、どうやら千穂は、怒っているというより菜々子を心配しているらしい。複雑な色味から、〝どうしたら分かってくれるのだろうか〟という、千穂の悩ましい気持ちが伝わってくる。

「だって、叶わない恋をしたって時間の無駄でしょ？　あたしはあたしを好きになってくれそうな人を好きになりたいの。ていうか、好きな人がずっといない千穂に恋愛のことであれこれ言われたくないし」

空気が変わったのは菜々子も同じで、少し残ったオレンジに、灰色と薄い水色と少しの赤が混ざっている。千穂の言葉でちょっとだけムッとしているところもあるけれど、不安とか分かってくれない悲しさのようなものが伝わってくる。

それらをまとめると、互いに思うところはあるものの、ふたりの中には相手に対する不快感や嫌悪感なんてものはないということ。

だったら、千穂は素直に菜々子が心配だって言えばいいし、菜々子も千穂にもっと分かってほしいと言えばいい。互いの気持ちを汲み取って理解すれば、もめることも空気が悪くなることもないのに。

でも、言葉に出さない相手の心情まですべて理解するのは、到底無理な話だ。

だって、ふたりには〝見えない〟のだから……。

「ねぇ、花蓮はあたしの気持ち、分かってくれるよね？」

同意を求められた私は、少しだけ悩むふりをしてから頷く。

「もちろん分かるよ。でもね、菜々子には本当に好きな人と幸せになってほしいって思うから、千穂はいつもこうやって注意するんだよ。怒ってるとかじゃなくて、菜々子のことが心配なんだよ」

ふたりの気持ちを理解して空気を読んだ私は、そう言って微笑んでみせた。

「そうなの？」

菜々子が気まずそうに上目遣いで千穂に視線を送ると、はにかみながら「まぁね」と千穂が答える。

「だからさ、菜々子は千穂に言われたくないなんて、そんな悲しいこと言わないで。千穂も、ハッキリ言えるのは千穂のいいところだと思うけど、もう少し言葉を柔らかくしたほうが伝わると思うよ」

言ってくれなきゃ分からないとかよく言うけれど、本当にその通りだと思う。相手の気持ちを察することはとても大事だけれど、言葉に出さない内側の感情まで読み取るなんて、普通は不可能だから。

でも、その不可能なことが、私にはできる。

「花蓮の言う通りだね。ごめん、ちょっとキツく言いすぎた」

「ううん。あたしも、ひどいこと言っちゃってごめん」

千穂と菜々子、ふたりが素直に謝ると、私の目に映る色が再び変化した。

まだちょっとだけ灰色が混ざっているけれど、明るくて温かいオレンジや黄色が、ふたりを包んでいる。

――よかった。

安堵(あんど)した私は、弁当箱に残っている最後の玉子焼きを箸で挟み、口へ運んだ。続けて菜々子と千穂も、高ぶった感情を引きずることなく残りのお弁当に手をつける。

甘い玉子焼きを堪能しながら、私は改めてふたりのことを見つめた。

誰にも言えない私の秘密。

それは、〝人の感情が色で見える〟ということ。

怒りは赤、悲しみは青、喜びはオレンジなど、感情によって色は異なる。その中でも細かな感情によって濃淡があったり、一色の場合もあれば何色も重なっていることもある。色は人それぞれ、抱えている感情によって様々だ。

いつだったか、人のオーラが見えるという占い師がテレビに出ていた。

『あなたのオーラは青です』

とかなんとか言っていたけれど、色の見え方は簡単に言うとそういうイメージかもしれない。まぁ、オーラを見る力は私にはないけれど。

私に初めてこの不可解な能力が現れたのは、高校の入学式の朝だった。

真新しいブレザーに袖を通して外へ出た瞬間、私はなんだか違和感を覚えた。

それは、爽(さわ)やかなはずの春風が湿っているとか、朝日がいつもより眩(まぶ)しいとか、そういうことじゃない。確かに緊張はしていたけれど、自分の気持ちの問題でもない。

戸惑いながらもゆっくり辺りを見回した私は、その正体に気づいた。

それは、色だ。行き交う人々のまわりに、それぞれ不自然な色が見える。

昨日まで見えなかったそれは、風に吹かれて消えるような一瞬のものじゃない。

人々の体にずっとまとわりついている。

──あれ、何？

思わずそう聞きたくなって、隣に並んで歩いているお母さんに目を向けたけれど、不思議なことに、お母さんのまわりに色は見えなかった。いつも通りのお母さんだ。入学式らしいフォーマルな服を着ていて、珍しく色つきのリップをしていること以外は、変わったところは何もない。

でも、今すれ違った人や前を歩く人、私の目に映る見知らぬ人々は、みんな色をまとっている。

──どういうこと？

片道一時間半をかけて高校に着くと、そこでもやっぱり色は見える。というか電車の中でも、駅から学校までの道のりでもずっと見えていた。見えないのは、入学式に出席するため一緒に来たお母さんだけだ。

私の目は、いったいどうしちゃったのだろう。

間違いなく混乱していたけれど、どうすることもできない私はそのまま入学式を迎えた。

初めて会う新入生と在校生、保護者やこれからお世話になる先生方。それぞれ色を浮かべた人たちが大勢集まった体育館は、随分とカラフルだ。あたり前だけれど、こんな光景今まで見たことがない。綺麗というより、なんだか不気味だ。

そんな状態が続いているものだから、先生の話なんてひとつも頭に入らず、よく分からないまま入学式を終えた。

高校生となった私の新生活は、色にまみれて困惑しながらのスタートとなった。

けれど、見える色はずっと同じというわけではなくわりと頻繁に変化するから、もしかするとこれは、何か意味があるのかもしれない。

入学して三日目くらいでそう考えた私は、普通の高校生活を送りながら、色について気づいたことをノートに書いてみることにした。もちろん誰にも見つからないように、こっそりと。なんでもいいからとにかく毎日自分なりに書いた。

そうして、それがただのカラフルな空気ではなく意味があるのだと悟ったのは、入学から二週間ほど経った頃だった。

泣いている子のまわりは真っ青に色づいていて、怒っている子は赤、楽しそうにはしゃいでいる子は黄色やオレンジ。

つまり、突然見えるようになったこの謎の色は、人の感情を表しているのだ。

けれど、ほとんどの子が一色じゃないのは、怒っていても悲しかったり、楽しくてもどこか不安だったり、人の感情はひとつではないからだろう。

笑っている子に青が浮かんでいたこともあって、それを踏まえてよく見てみると、確かにその子は笑顔なのにどこか寂しそうな目をしていた。これは、色が見えなければ気づけない、その子が抱いている内なる感情だ。そんな色を見ていると、みんなが日々たくさんの感情を抱いていることがよく分かった。

どうしてこんな不思議な現象が起こったのか、それは今もまったく分からないけれど、私にとってとても重要で、大きな武器を手に入れることができたのは確かだった。

だって、相手の感情が分かれば、おのずと自分がどうすべきか分かるということだから。

不快にさせないよう、相手の気持ちを考えて行動できる。

空気が読めないと言われることも、もうない。あの頃のようには、もうならない。

もう、間違えたりしない……――。

お弁当を食べ終えて片付けをしていると、一番前の席で話をしている女子の色が目についた。

大人しく、控え目な印象の椎名（しいな）さんの席の横に立っているのは、クラスでも目立っている陽キャタイプの松田陽菜香（まつだひなか）。

あまり親しくないふたりが話しているのは珍しいけれど、それよりも気になるのは陽菜香の色だ。うっすら色づいている赤が、じわじわと濃くなっていくのが分かる。

反対に、椅子に座っている椎名さんの色は、黒に近い灰色一色。さっき見た千穂や菜々子の薄雲のような灰色とは違う、どんよりとした黒雲(こくうん)だ。

対照的なふたりの色を見ているだけで、胸がざわついた。

クラスメイトそれぞれ見える色は違うけれど、大抵はそこまで気にならない。でも、赤は駄目だ。赤は見逃せない。

心の中で渦巻く怒りの感情は、とても厄介(やっかい)だ。最初は少し不機嫌なだけだったのが、いつの間にか大きな怒りや不快感に変わり、いじめにつながることだってある。その矛先が私に向かう可能性だってゼロじゃない。

だからもめ事は極力回避したいし、みんなが笑って仲良く過ごせるクラスであってほしい。それができるのは、感情が見える私だけだ。

私がみんなの気持ちを考えて、みんなのために行動する。この五ヶ月は、そんな決意を胸に過ごしてきた。だから、今見えている陽菜香の赤も放っておけない。

「ちょっとトイレ行ってくるね」

千穂と菜々子にそう告げて立ち上がった私は、一番うしろの窓際からふたつ隣にある自分の席に弁当箱を置いて、そのまま椎名さんの席にゆっくりと近づいた。

「なんで?」

決して大きくはないけれど、これまで聞いたことのない陽菜香の低い声に動揺して、思わず足が止まる。

でも大丈夫。私には見えるんだから、間違えたりしない。そうやって言い聞かせ、心を落ち着かせた。

「他に頼める人がいないから椎名さんにお願いしてるんだけど」

「でも、あの……」

「お願いって言ってるじゃん」

内容は分からないけれど、陽菜香は椎名さんに何か頼み事をしているようだ。

反対に、背中を丸めている椎名さんは、どうしていいのか分からず不安を抱いているように見える。灰色も、さっきよりずっと濃い。

「マジで時間ないんだけど、お願いできない？」

陽菜香の声色には苛立ち(いらだ)がもろに含まれていて、どう考えてもお願いする立場の口調だとは思えなかった。

でも、もしここで私が『もっとちゃんとお願いしなよ』とか『言い方がよくないよ』なんてことを言ってしまったら、陽菜香のまわりに見える赤は、ますます燃えるように色濃くなってしまうことは確かだ。

だから、そんな空気の読めない発言は絶対にしない。

静かに息を吸い込んだ私は、椎名さんの席の前に立った。

「陽菜香、どうかしたの？」

できるだけ自然に、何げなく声をかけた。

「あっ、花蓮。ちょっと今、椎名さんに頼んでて」

陽菜香は細めた目をちらりと椎名さんに向けた。陽菜香が手に持っているのは、二冊の本だ。

「実はこれ、もう二週間くらい返し忘れててさ、今さら自分で行くの気まずいじゃん？　それに私、昼休み終わっちゃう前に四組行かなきゃいけなくて。椎名さんていつも本読んでるから、図書室行くの慣れてるでしょ？」

明るく染めたゆるふわのロングヘアーを、陽菜香は指先でくるくるといじりながらそうこぼした。

なるほど。話が見えてきた。簡単に言えば、本を返しに行くのが面倒だから代わりに行ってほしいということだ。

東棟にある教室から渡り廊下を挟んで反対の西棟にある図書室に行くには、急いでも五分以上はかかる。貴重な昼休みを潰すのが、陽菜香は嫌なのだろう。

ふと視線を下げると、椎名さんの机の上にあるお弁当の中身は、半分ほど残っている。まだ食べ終わっていないのだから、自分の昼食の時間を割いてまで人の借りた本を返しに行く必要なんてない。だから椎名さんは断った。当然の権利だ。

陽菜香はお弁当の残りのことまで気づいていないようで、大人しい椎名さんに断られたのは想定外だったのかもしれない。だからムカついて、陽菜香の色は赤く染まっているんだ。

忘れていたのは自分なんだから、放課後に返しに行けばいいじゃないかと思う。でも陽菜香は、とにかく自分の時間を無駄にしたくないのだろう。自分は嫌だけど他の子にはやらせるなんて、自分勝手でしかない。

でも、そんな正直な気持ちを私が口に出すことは、絶対にない。

だって、私が注意したところで言われた陽菜香は当然腹を立てるだろうし、椎名さんもきっと気まずい思いをする。もしかすると、これがきっかけで椎名さんがいじめられてしまう可能性だってある。それに、庇った私が嫌われてしまうかもしれない。だから、正論を言ったところで問題は解決しない。自分がとんでもなく空気の読めない奴になって、余計に悪いほうへ向かってしまうだけだから。

この場合、穏便にふたりの色を変えるためには……。

「てか、椎名さんのお弁当美味しそうだね。ハンバーグ、私も大好きなんだ」

凍りついた空気を壊すように、できるだけ明るい声で私が言うと、顔を上げた椎名さんとは反対に、陽菜香はお弁当に視線を下げた。椎名さんのお弁当がまだ残っていることに、ようやく気づいたようだ。

「私これから美術室に行こうと思ってたから、ついでに図書室行って返してくるよ」

「え？　いいの？」

「うん。ちょうど借りたい本もあるからさ、私が返してもいい？」

ただのついでだから、椎名さんを庇って陽菜香を悪者にするわけじゃない。私が行きたいから行く。むしろ行かせてくれというように、自ら願い出た。すると、陽菜香の赤色が一気に薄くなる。

「マジで？　花蓮ってほんと神かよってくらい、いつもタイミングいいよね。ちょ～助かるわ」

嬉しそうに本を渡してきた陽菜香は「サンキュー」と言って、今度はオレンジ色を浮かべながら弾むような足取りで教室を出た。

「あの、雨沢さん、ありがとう……」

申し訳なさそうに小さく頭を下げられたけれど、椎名さんのまわりに見えていた灰色は少し薄くなり、そこにわずかな黄色が浮かんだ。

喜んでくれているのだと分かり、私は満足げに微笑む。

「全然気にしないで。だって、ただのついでだし」

安堵したのか、やっと少しだけ口角を上げてくれた椎名さんに、私は「早く食べないと昼休み終わっちゃうよ」と告げて、足早に教室をあとにした。

椎名さんにはそんなことを言ったけれど、昼休み終了まで十分を切っているのだから、私も急がないと。

今いる東棟四階から一度三階に下り、渡り廊下を進んで急いで西棟へ向かう。

うちの学校は学年が上がるごとに教室の階が下がるため、一年生は毎朝最上階の四階まで階段を上がらなければいけない。その上、特別教室がある反対側の校舎へ行くための渡り廊下は、二階と三階にしかない。つまり総合すると、一年生は教室の移動がとてつもなく面倒だし、疲れるということだ。

だからか、菜々子は移動教室のたびに、『この校舎の造り、一年生に不利すぎない？　修行かよ！』と、しょっちゅう愚痴をこぼしている。その隣で千穂が余裕の笑みを浮かべ、私は内心ひーひー言いながらもふたりに気を使わせないように笑う。――というのが、いつもの私たちの光景だ。

西棟三階に着くと、額に滲んだ汗をいったんハンカチで拭った。

九月も下旬に入ったけれど、日中の気温はまだまだ夏を引きずっていて暑い。

息を整えてから再び四階へ上がり、一番奥の図書室に入った瞬間、エアコンの涼しさに包み込まれた。無意識に「はぁ～」と幸せな声が漏れる。

とはいえ、のんびりはしていられない。図書室の時計を確認すると、チャイムが鳴るまであと三分。

借りたい本もあると言ったけれど、そんなものはない。本を返却した私は〝行こうと思っていた〟と陽菜香に告げたはずの美術室も素通りして、教室に戻るため足早に歩いた。

なぜあんな嘘をついたのか。それは当然、陽菜香を怒らせることなく椎名さんを助けるためだ。

せっかくこうしてみんなの色が見えるのだから、本音を言って嫌われるくらいなら、みんなの感情に合わせて笑ったり、嘘をつくほうがずっといい。

そう思っているはずの私の口から、なぜか自然とため息が漏れた。

渡り廊下の窓から中庭を見下ろすと、小走りで校舎に戻る女子生徒が数人見えた。明るい色を浮かべている彼女たちの嘘のない笑顔と笑い声に、なぜか胸が痛む。

──私、何してんだろ……。

そんな疑問を抱いたとしても、楽しい高校生活を送るためには、本音を隠すのが正しいんだ。そう自分に言い聞かせながら、東棟に入った。

廊下を歩きながらちらりと四組の様子をうかがうと、教室の後方に集まっている男女数人の中に、陽菜香の姿を見つけた。仲のいい友達が四組にいるのか、オレンジや黄色を広範囲にまき散らし、随分と盛り上がっている。

昔の私だったら、四組にいる陽菜香に直接、『喋(しゃべ)ってるだけなら本返しに行けたよね』とか空気を読まずに言っていたと思う。だけど、今の私には無理だ。陽菜香の楽しそうな明るい色が見えてしまう私には、その空気を壊してまで本音を言うことなんてできない……。

本音を胸の奥底にしまい込んだ私は、苛立ちを無理やり抑えるように深呼吸をしてから、二組に戻った。

「あー、花蓮戻ってきた！」

教室に入るなり、菜々子が大きく手を振ってきた。私は乱れた息と感情を整えながら席に座る。

「陽菜香の本、返しに行ってあげたんでしょ？」

「うん。まぁね」

教室での会話が聞こえていたのか、近づいて来た菜々子が小声で私に耳打ちをすると、四組にいた陽菜香がご機嫌な色をまとって戻ってきた。

「ほんと、花蓮って優しいよね。本くらい自分で返しに行けばいいのに。てか、陽菜香もありがとうとかないのかな」

薄い赤を浮かべた菜々子は、私のために少し怒ってくれているようだ。素直な思いをいつでも口に出せる菜々子が羨ましい。

「別にいいよ。だって、ついでだし」

なんのついででもなかったけれど、あたり前のように私は嘘をつく。

「花蓮がそう言うならいいけどさ、あんまり優しすぎるとなんでも聞いてくれるって思われちゃうよ」

菜々子は口をへの字に曲げながら席に戻り、机に肘をついた。

私のためにそんなふうに言ってくれる気持ちが嬉しい。なんて思った瞬間、菜々子の前の席に座っている千穂がジッと私を見ていることに気づいた。

睨んでいるわけではないけれど、笑っているわけでもない千穂の空気に、薄い紫色が混ざる。疑いの色だ。でも、千穂を不快にさせるようなことや、疑われるようなことはしていない。間違ったことは何もしていないはずなのに。

「千穂、どうかしたの？　もしかして、私の顔になんかついてる？」

不安を前に出さないよう、笑顔を貼りつけながらおどけたように聞いてみると、千穂は「別に、なんでもないよ」と前を向く。

なんだろう。気になるけれど、まさか私の秘密に気づいたなんてことはないだろうし……。

千穂の背中に少しだけ不安を覚え、膝の上にのせた自分の手をギュッと握ったタイミングで、予鈴が鳴った。

全員が着席して前を向くと、一番うしろの席に座っている私は、みんなの色を確認するように教室を見回した。そして、ある場所でピタリと視線を止めると、またもや自分の口から自然とため息がこぼれたことに気づく。

把握するのに三ヶ月以上かかったけれど、色について分かった今、どんな時もみんなの気持ちを考え、優先し、時には先回りしてクラスの平穏を築いてきた。

人の心は弱くて脆い。どんなに相手のことを思っていても、気持ちが分からないだけで誤解が生まれる。言葉を少し間違えただけで、昨日まで仲がよかった相手との関係が、いとも簡単に壊れてしまう。

だから、相手の感情が分かるというのは最強だ。どんな子の感情にも寄り添ってあげられるし、嫌われることもない。たとえ本音を隠していたとしても、このままいけば私の高校生活は安泰。なんの問題もなく楽しく過ごすことができる。

そう思っているのだけれど……。

ひとりだけ、この学校でたったひとりだけ、私には苦手な生徒がいる――。

「蒼空～！　今日暇？　暇だよな？　ちょっとつき合ってほしいとこがあんだけど、いいよな？」

窓際の一番前の席に駆け寄ったのは、矢野俊太。寝ぐせなのかパーマなのか分からない、微妙にうねった赤茶色の髪。愛嬌のある笑顔を見せている彼は、クラスのムードメーカーで間違いない。とにかくいつもテンションが高く、誰にでもフレンドリーで口調も軽くてちょっとチャラい。

私は色を見て空気を読んでいるけれど、矢野くんの場合は本能的にみんなの空気を明るくできる力を持っているみたいだ。

教室がシーンと静まり返った時なんかも、最初に喋り出すのは決まって矢野くんで、クラスを盛り上げることができる。たまに今は笑う場面じゃないよという時でも面白おかしくしようとするから、ちょっとハラハラすることもあるけれど。

とにかく矢野くんは、根っから明るい性格だ。彼の色はだいたいいつもオレンジか黄色なので、無理してテンションを上げているふうでもない。

問題があるのは、そんな矢野くんが話しかけている相手、里美蒼空のほう。

「お前さ、俺が暇って決めつけてるだろ」

「だって暇だろ?」

「勝手に決めんなよな。まぁ、暇だけど」

「ほら~、蒼空は俺のことが大好きだから、断わらないと思ってたよ~」

抱きつくふりをした矢野くんの体を、里美くんが両手を伸ばして思いきり拒否をした。

「暑いんだから近づくな。俺から離れろ」

「そんなこと言っちゃって、嬉しいくせに」

矢野くんの色は、変わらず鮮やかなオレンジだ。楽しんでいるのが伝わってくるのに、里美くんのほうは同じように楽しんでいるのか、それとも本気で嫌がっているのか分からない。

なぜなら里美くんのまわりには、色がないから——。

この学校の生徒や先生、私には全員の色が見えるのに、入学からずっと里美くんだけが唯一見えない。だから私は、里美くんが何を考えているのか分からなくて怖い。

高い鼻と大きくて涼しげな目、窓から差す日差しによって明るさが増したさらさらの髪。私の席から時々見える里美くんの横顔は非の打ちどころがないほど整っていて綺麗で、女子に人気があるのも頷ける。

でも、私は苦手だ。表面上は笑っている里美くんだけど、内心どう思っているのか、感情がまったく見えないから。

「なになに、里美くん今日暇なの？」

高い声を出しながら里美くんの席に近づいた陽菜香の色は、明るいオレンジの中にピンクが混ざっている。ピンクは相手に好意を抱いている時に現れる色なので、陽菜香は里美くんに惹かれているということになる。というか、色が見えないとしても、陽菜香は積極的だから分かりやすいけど。

「たまには私とも遊んでよ」

「嫌だ」

そんな陽菜香の誘いを、里美くんは間髪入れずに断った。

「さっき暇って言ってたじゃん」

「うん。暇だから俊太とは遊ぶけど、松田とは遊びたくない」

「ひど～い！　だったらせめてメッセージのアカウント交換しようよ。いい加減教えてくれてもよくない？」

陽菜香がスマホを握りしめながら里美くんに詰め寄る。そろそろ本鈴が鳴る頃なので、全員が席についてその光景を見ている状態だ。

里美くんは陽菜香に目もくれず、自分のスマホをいじりながら「無理」と、たったひと言で陽菜香の要求を拒否した。

里美蒼空の、こういうとんでもなく空気が読めないところも私は苦手だ。

言いたいことはなんでも口に出すし態度にも出る。めちゃくちゃ明るく笑っているかと思えば、急に冷たい態度を取る時もあって、それがギャップだとかなんとかで女子からは人気があり、裏表のない性格で男子からも慕われているらしい。

でもそんなの、私からすればただの空気の読めない自由人でしかない。相手のことなんて一ミリも考えずに好き勝手な言動をしているのに、どうして里美くんは気にならないのか。

今だってそうだ。気になる人を遊びに誘うのも、メッセージのやり取りがしたいと言うのも、女子にとってはきっと勇気がいることのはず。それなのに、一刀両断された陽菜香がどんな気持ちになるのかを考えないのだろうか。実際、陽菜香には少しだけ赤が浮かんでいる。

まわりの空気を悪くしても、相手を怒らせたとしても、空気を読まずに言いたいことを言えるのはなんで？　人気者だから何を言っても最終的には笑って済ませられるし、嫌われることはないから？

というか多分、里美くんは相手の反応をまったく気にしないんだ。私と正反対で、嫌われてもいいと思っているのかもしれない。

だけどそんなのは、みんなの気持ちを考えないただの自分勝手で、ずるい。ずるくて、羨ましくて……嫌いだ。

「蒼空のことは諦めるんだな。こいつは俺のことが好きで好きでたまらないんだよ。他の女が入る隙間なんてこれっぽっちもないのさ」

「やめろよ俊太。変な噂が立ったらどうすんだよ」

矢野くんがふざけると、里美くんはそう言って笑った。それにつられるように笑った陽菜香からはすっかり赤色が消えていて、他のクラスメイトからもクスクスと笑いが漏れる。

溢れそうになる感情を静かに落ち着かせた私は、そんな里美くんに改めて訝しげな視線を送った。

この学校で、私と同じ中学出身の生徒はひとりもいない。いない学校をあえて選んだのだからあたり前だ。

でも実は、里美くんとは小学校が一緒で、五年生の時に同じクラスになったことが一度だけあるのだけれど、当時からこんなに空気が読めない人だっただろうか。

もう五年も前のことで、しかも里美くんは一学期の終わりで転校してしまったから、一緒の教室で過ごしたのはたったの四ヶ月程度。だから正直よく覚えていないし、どうやら里美くんも私のことは覚えていないみたいだ。

本鈴の少しあとに、担任が教室へ入ってきた。

「ほらー、席につけ」

教室には、今のところ明るい色ばかりが浮かんでいる。だけど里美くんの色は、やっぱり何も見えない。

心から楽しんでいるのか、それとも内心はつまらないと思っているのか分からないけれど、今まで通り里美くんとは極力かかわらないようにしよう。というか、かかわりたくない。

そう思いながら、私は里美くんから目を逸らした。

今日のロングホームルームでは、体育祭について色々と話し合うことになっている。

学級委員二名と、事前に立候補で決定していた体育祭実行委員二名が前に出る。そして、大縄と綱引き、借り物競争に出る生徒を分けるため、誰がどの競技に出るかなどを決めた。

全員リレーは文字通り全員参加なので、走る順番はタイムを計ってから決めることになった。

ちらりと左に顔を向けると、どんよりとした色をまとった菜々子が私のほうを見て、不服そうに唇を尖らせた。そんな菜々子に対して、私は「頑張ろう」と口パクで伝える。

「じゃあ、次はクラス旗係を決めたいと思います。クラス旗のデザインを決めて制作してもらう係です。立候補はいますか？」

実行委員の男子の言葉が響くと、教室の中が一瞬にして静まり返った。さっきまで騒いでいた男子グループも、騒々しさに紛れて関係のない話で盛り上がっていた女子たちも全員、口を閉じて視線を下げる。

授業中、難しい問題を当てられたくなくて目を逸らすそれと同じだ。分かりやすすぎる。感情の色が見えなかったとしても、みんなの『やりたくない』という気持ちが静寂の中に表れていた。

生徒会や委員会の代表ならまだしも、高校一年の体育祭でクラス旗係をやったからといって、内申がよくなるとか特別な恩恵を受けられるわけじゃない。
おまけに使うのは体育祭の当日だけ。しばらく教室に飾られたとしても、いつの間にか捨てられてしまうような儚いものだ。だから私も、みんなと同じで旗制作なんて正直面倒なだけだと思っている。

「誰かいませんか?」

実行委員がもう一度声をかけるけれど、視線を別の方向へ向けたまま誰も応えない。
放課後残って作成しなければならないのだから、まず部活動が忙しいと不可能だ。部活に入っていないとしても、塾やら習い事で忙しい場合も同じ。あとは、単純に遊びたいという場合も。

比較的明るい色で満たされていた教室が、リレーに対する菜々子の心情と同じような暗い色に変わっていく。

「お前やれよ。暇じゃん」

「めんどくせ〜」

「絵が上手い子がやればいいのに」

「私運悪いから、くじ引きだけは絶対勘弁してよね」

教室のあちこちから嫌な色が生まれ、広がっていく。中には大人しそうなクラスメイトの名前を出して「あいつならやってくれそうじゃん」と、わざと聞こえるように言う奴まで出てきた。全員から目を逸らされる実行委員も気の毒だ。

私は絵が上手いわけじゃないし、それに放課後は菜々子と遊びに行ったり、家でダラダラしながらアニメを見たり音楽を聴いたりしたい。放課後残って作業とか、絶対に面倒くさい。

でも……。

——最悪。

私は、誰にも聞こえないほど小さなため息をつく。そして、右手を上に伸ばした。

「私、やります」

クラスメイト全員の視線が、うしろの席に座っている私に集まった。次いで、安堵と喜びの色が波紋のように広がる。

前に出て進行している実行委員と学級委員を包む空気も、パッと晴れた。

「おぉ！　雨沢さんありがとう」

そう言って実行委員が手を叩くと、安堵感が溢れ出ているクラスメイトからも、拍手が沸き起こった。選挙にでも当選したかのような気分だ。

「さすが花蓮、頼りになる」

誰かがそう言った。こんな時だけ持ち上げられても嬉しくないけれど、クラスの空気を読んで立候補するしかなかった。

本当はやりたいわけじゃない。でも、心配してくれている千穂と菜々子に、大丈夫だよと伝えるように口角を上げる。

幸い私は部活に入部していないし、人気があって放課後は多くの友達から引く手あまたというわけでもない。それに絵は上手いというわけじゃないけれど美術は好きだし、やってみたら意外と楽しいかも。

などと無理やり自分を納得させていた私は、続けて実行委員が発した言葉に、頭から抜け落ちていた肝心なことを思い出した。

「えっと、じゃあもうひとり、誰かやってくれる人はいませんか？」

しまった。クラス旗係は二名だった……。

さっきだって誰も手を挙げなかったんだから、私以外に引き受けてくれる人なんているわけない。

本当は千穂か菜々子に一緒にやってほしいけれど、千穂は部活が忙しいし、菜々子も係とかはやりたくないとずっと言っていたから無理には頼めない。それに何より、嫌われたくないから、ふたりには絶対に言えない。

だから私は、あえてふたりのほうを見ないようにした。

クラスの空気がまたじわじわと悪くなってくるのを感じた私は、前を向いたままもう一度手を挙げる。

「あの、私ひとりでもいいですよ。部活もやってないし、暇だから」

ヘラヘラと笑ってみせると、助かったと言わんばかりに安心しているクラスメイトの中で、ひとりだけ真顔でこっちを見ている生徒がいた。里美くんだ。

真っ直ぐに私を見ている目が何を言いたいのか、何を考えているのかまったく分からなくて、私はすぐにその視線から逃げた。

「ひとりは駄目だぞ。話し合ってちゃんと決めなさい」

生徒たちの自主性に任せるためか、ずっと黙っていた担任の佐藤先生が、ひと言だけ口を挟んだ。

――空気読んでよ、先生！

そう訴えたけれど心の声が届くはずもなく、サッカー部顧問で体育教師の佐藤先生は大きな背中を丸め、手に持っている書類に再び目線を落とした。

「誰かいませんか。いないとなると、くじ引きになりますが……」

言いにくそうに実行委員が口を開くと、教室のあちこちから「絶対やだ」「最悪」「誰かやれよ」と、不満が湧いた。

明るい色が再びどんよりとした色に支配され、どんどん空気が悪くなっていく。

みんなは見えないからいいけれど、私の目には教室の空気が悪いウィルスか何かに汚染されているかのように映って、気分が悪い。

お願いだから、もう誰でもいいから手を挙げて！

念を送るように眉根に力をこめると、スッと一本の腕が伸びた。

「俺、やるわ」

救世主！　やっと嫌な空気から解放され……——。

「えっ……」

手を挙げた人物を見て、思わず声が出してしまった。

いや、ちょっと待ってよ。確かに誰でもいいって思ったけど、そうじゃなくて。

「ありがとう、里美」

心の底から助かったと言いたげに、揃（そろ）って愁眉（しゅうび）を開いた実行委員と学級委員。それとは対照的に、私の眉間のしわは深くなる。

違う！　誰でもいいっていうのは、里美くん以外ならってことなんだけど！

私の焦りとは裏腹に、安堵するクラスメイトたち。教室の空気も少しずつ明るい色に戻っていくのが分かる。

色が見えない里美蒼空。彼だけは、絶対に嫌だったのに……。

クラス旗制作を一緒にやるということは、里美くんと一緒にいる時間も必然的に長くなるということ。最悪だ。

色が、感情が見えない里美くんと話すのは、間違った言葉を言ってしまいそうで怖い。何か変なことを口走ってしまって、里美くんに誤解を与えて、嫌われて、それがクラス中に広がったら？

里美くんは人気者だから、みんな彼の味方になるに決まっている。そしたら私はひとりぼっちだ。千穂も菜々子も、みんな私から離れていく。空気が読めない奴だって思われて、嫌われてしまう。

里美くんと一緒にやるくらいなら、辞退したほうがいいのかもしれない。でも、そうすると今度は『自分からやるって言ったくせに』と不満が出て、それこそ嫌われてしまう。そんなの駄目だ。

となると、今みんなはほとんどが明るい安心したような色に戻っているから、えっと、この場合、どんなことを言うのが正解で、どうしたら空気を壊さずに済ませられるだろう……。

「え～!? 里美くんが立候補するなら私もやろっかな～」

私が必死に思考を巡らせていると、陽菜香が両手を机について立ち上がった。

ハッと顔を上げた私は、その手があったかと陽菜香に熱い眼差しを送る。

さっきは誰も立候補しなかったからしかたなく私が手を挙げたけれど、相手が里美くんなら一緒にやりたいという女子もいるはず。

陽菜香の色は相変わらずピンクが多くて、だけどそこに少しだけ赤も混ざっている。

この赤は、私に対する赤だろうか。きっと、係を自分に譲れという感情だ。

もちろん、喜んでそうさせてもらいます。

「あの私、代わ――」

「嫌だね」

陽菜香に『代わろうか』と言おうとした私の言葉を、里美くんが遮った。

そして、

「松田がやるなら俺はやらない。でも雨沢がやるなら俺もやる」

とんでもなく空気の読めない発言をした……。

最悪、ほんと最悪。どういう意図なのか知らないけど、そんなことを言ったら陽菜香がどう思うかなんて誰でも分かるのに！

「え～なんでよ！　どうして私は駄目で花蓮ならいいの!?」

案の定、陽菜香の赤が濃くなっていく。ピンクに濃い赤がぐるぐる混ざり合って、嫉妬の色になった。

「今の発言、聞き捨てならないなぁ。俺の蒼空が他の女に取られちゃうのかよぉ」

ガタンと椅子の音を大きく鳴らして立ち上がった矢野くんが、「ぴえん」と言いながら自分の指で涙ポーズを作ると、「古い」と誰かが言って、どっと笑いが起きた。

里美くんも「気持ち悪りー」と笑っている。

だけど、陽菜香は笑っていなかった。それから、陽菜香と仲のいいグループの女子数名にも、陽菜香の嫉妬の色が伝染している。

ちらりと私に視線を向けた陽菜香の目が怖くて、私はうつむいた。

陽菜香の気持ちを汲んで私が辞退したら、里美くんもやらないと言う。そうなれば、せっかく決まりかけていたのに、また振り出しに戻って他のクラスメイトから不満が出てしまう。だけど私が引き受けたら里美くんと一緒にやることになって、陽菜香や隠れ里美くんファンの反感を買うことになる。

私はいったい、誰の気持ちを一番に考えたらいいんだろう。みんなが嫌な気持ちにならずに済むには、誰の気持ちを優先させれば……。

「松田は本当にクラス旗係がやりたいのかよ」

そう呟くように言ったのは、里美くんだ。

「や、やりたいよ。もちろん」

「じゃあ俺はやめるから、雨沢と松田でやれよ」

「えっ!?　いや、それは違うでしょ。そんなの嫌だよ。だったら私やらないし」

「さっきは係やりたいって言ったのに、おかしくね？」

里美くんは確かに間違ったことは言っていないけれど、嫌われたらどうしようという不安はやっぱり微塵もないのだろうか。私なら、絶対にそんなこと言えない。

クラスの空気がどんどん悪化している中で「あのさー」と、手を挙げながら矢野くんが立ち上がった。

「蒼空も結構適当なとこあるし、俺はしっかりしてる雨沢がやったほうが安心だけどなー」

「ちょっと矢野、何言ってんの!? 私だってちゃんとやれるし！」

「いや、松田はただ蒼空と一緒に係をやりたいだけでしょ？　ここにいる全員が分かってることだと思うけど」

その瞬間、陽菜香の怒りの矛先が矢野くんに移った。

正論だ。そう言わんばかりに無言で頷いているクラスメイトが多数いる中、濃い赤色を浮かべた陽菜香は矢野くんを睨む。

「しっかり者の雨沢が一緒なら、さすがに蒼空もサボらないだろうし。まぁ、普段適当な蒼空でも、いないよりは雨沢の役に立つっしょ」

「おい、どういう意味だよ」

里美くんがそう突っ込んでから笑顔を見せると、どういうわけかつられてみんなも笑った。

「雨沢は、それでどうよ」

「あっ、うん。私は、みんながそれでいいなら……」

矢野くんに聞かれた私は、みんなのまわりに見える色を見回した。陽菜香はまだあまり納得していないようだ。

「でも正直、ひとりでも本当に全然大丈夫だから、忙しい時は無理して放課後残らなくてもいいからね」

里美くんはいなくてもいい、里美くんと一緒に係をやるのは私の意思ではないし、私が望んだわけじゃない。それだけは陽菜香に分かってもらいたくて、そうつけ足した。

もちろん、ひとりのほうがやりやすいし気楽だというのは本心だ。

「花蓮いいなぁ～。ま、でもなんだかんだ言って里美くん真面目にやらなそうだし、私も放課後残るとか正直ダルいから、いっかぁ」

普段、私が里美くんと話すことはほとんどないからか、ひとりでも大丈夫という言葉を信じてくれたのかもしれない。陽菜香の私に対する嫉妬はだいぶ薄れてくれたようで、ようやく少しだけ胸を撫で下ろす。

でも、里美くんと一緒にクラス旗を制作するという現実は、覆らない。

「ではクラス旗係は雨沢さんと里美くんということで、明日から制作のほう、よろしくお願いします。体育祭まであと二週間なので、練習もみんなで頑張りましょう」

実行委員の締めの言葉に拍手が起こり、何事もなく……とは言えないけれど、今度こそ無事決定して、クラスの空気ももとに戻った。

なんだかどっと疲れたな……。

「偉すぎるよ～。花蓮はマジで神だよ神」

机の上にぐったりと伏せた私の頭上に、菜々子が労い(ねぎら)の言葉をかけながらポンと手を置いた。帰りのホームルームを終え、クラスメイトは次々と教室を出ていく。

「花蓮、本当にいいの？」

のそりと顔を上げると、荷物を持った千穂が心配そうに私を見下ろしていた。

気にかけてくれるふたりの気持ちが嬉しくて、私は机に預けていた体を起こす。

「全然大丈夫だよ。だって暇だし。それに絵を描くのは好きだから、やってみたいんだ」

嫌いではないけれど、本当はそこまで好きなわけじゃない。やってみたいという言葉も、嘘だ。

「手伝ってあげたいけど、部活があるからさ……」

「いいのいいの、気にしないで。部活頑張ってほしいし」

申し訳なさそうに眉を下げた千穂に、私は笑顔を見せながら両手を振った。

千穂と菜々子と三人で旗を作れたら楽しいだろうなって、本当は少しだけ思った。

意見がぶつかることがあっても、三人で過ごす放課後の色は鮮やかなオレンジや黄色で、きっと思い出に残る楽しい旗制作になると思うから。

「あたしって絶望的に絵が下手なんだけどさ、何かやれることがあったら手伝うから、遠慮なく言ってね」

「絶望的に下手なら、足手まといになるだけでしょ」

「むー。千穂は分かってないなぁ。あのね、絵は心なんだよ」

いつものふたりのやり取りに、私はまた笑みを浮かべる。

「ふたりともありがとう。何かあったらお願いね」

両手のひらを合わせてみせたけれど、私がふたりに手伝ってほしいと声をかけることは、多分ない。だって、迷惑をかけたくないから。大好きな友達だからこそ、煩（わずら）わせたくない。面倒だと思われたくない。嫌われたくない。

「てか、花蓮と里美って組み合わせは、かなり新鮮だよね」

さりげなく千穂が出した名前に、私の体がピクリと反応を示した。悪い意味で。

そうだった。まずは里美くんのことをどうするか考えなきゃ。

里美くんの姿は教室にないので、もう帰ったのだろう。お互いだけど、『これからよろしく』とかの挨拶はもちろんなかった。

「あぁ、それね……。どうだろう。里美くんは謎だからなぁ。ひとりのほうが逆に楽だったりして」

「え？　そうかな、里美くんって分かりやすくない？」

私の言葉に、そう言って人差し指を顎に当てながら斜め上に目線を向ける菜々子。

「確かに、あんな分かりやすい人そうそういないよ」

菜々子と千穂から予想外の言葉が返ってきたことに、私は驚いた。

色がない里美くんは私にとって唯一、何を考えているのか分からない人だ。でも、ふたりにとっては違うらしい。

「言いたいことハッキリ言うし、思ってることもろ顔に出るし、何も考えてなさそうで実はちゃんとまわりを見てるっぽいし」

ハッキリ言う――ついでに空気が読めない――ところは同感だけど、極力かかわらないようにしていたからか、里美くんを分かりやすいと思ったことはなかった。だから、菜々子の言っている意味はよく分からない。

それに、表面だけで相手を判断して円満に過ごせるなら、誰も苦労はしない。嫌われることもないし、いじめだって起こらないはずだ。

でも実際は違う。どんなに仲がいい相手でも、どんなに笑っていても、心の中で感じている気持ちに気づけなければ、簡単に壊れてしまう。

『花蓮って、空気読めないよね』

ふと、思い出したくない言葉が頭をよぎったけれど、私はもうあの頃の私じゃない。

もう空気が読めないなんて言われることはないんだと、それを冷静にかき消した。

「ただいまー」

二回電車を乗り継ぎ片道一時間半かけて着いた自宅は、茶色と白を基調とした二階建て一軒家。

玄関で靴を脱ぎ、そのますぐに一階の洗面所で手を洗う。

「おかえりー。遊ぶ前に宿題やりなよー！」

姿は見えないけれど、一階にあるキッチンのほうからいつもと変わらないお母さんの大きな声が聞こえてきた。

炒めた玉ねぎの匂いから察するにカレーか、それとも私の好きなタコライスかな。

「はーい！」

夕飯の予想をした私は、負けじと大きな声で応えて二階に上がり、廊下を挟んで左にある部屋のドアノブに手をかけた。ちなみに右側は、ふたつ下の妹、美音の部屋だ。閉められたドアの中から微かに流行りの音楽が聞こえてくる。

部屋に入り、鞄をベットの上に置いた私は、Ｔシャツとジャージというものの部屋着に着替えた。

「さてと」

勉強机の前に座った私は、三段ある机の引き出しの真ん中から、一冊のノートを取り出した。なんの変哲もない大学ノートだけれど、これは私の目にしか映らない感情の色について書き記した、秘密のノートだ。

最初のほうのページは殴り書きばかりで、自分で書いておきながら解読不可能な文字が乱雑にちりばめられている。でも真ん中くらいからは色の違いがだいぶ分かってきたのか、きちんと線に沿って箇条書きにしてある。

一ページずつ見直しながら、最後のまとめのページを眺めた。

赤の感情について〝怒り〟だけでなく、〝不満〟や〝悔しさ〟〝不機嫌〟、今日のような〝嫉妬〟など、赤に属する感情が書いてある。

【青　悲しい・つらい】、【オレンジ　楽しい・喜び】、【灰色　不安・心配】、【紫　疑い・不信】、【緑　安心・平穏】など、他の色も同様に細かく書き分けられている。

それを見つめながら腕を組み、「ん〜」と唸った。

感情色別ガイドブックと密かに呼んでいる、私の最強の武器。これさえあれば、誰からも嫌われることなく楽しい高校生活を送れると思っていたのだけれど。

「どうするかな」

里美くんの色について、どうにかして見えるようにならないかなと思い続けて五ヶ月が過ぎてしまった。

そもそも、なんで里美くんは見えないのだろう。見えないのはお母さんとお父さんと妹、つまり家族だけだと思っていたのに。

「ご飯だよ！」

ドアを閉めていてもよく通るお母さんの声に、私は組んでいた腕を解いた。

係を遂行するための里美くん対処方法を考えていたら一時間も過ぎてしまったけれど、どれだけ考えてもやっぱり分からない。

閉じたノートを引き出しに戻して一階に下りると、美音がキッチンからダイニングテーブルに夕食を運んでいた。

「花蓮も早く手伝って」

「はいよ～」

気の抜けた声で返事をした私は、お母さんと美音の分もコップにお茶を入れて運んだ。お父さんは仕事で帰りが遅いので、夕飯は三人で食べることが多い。

「お姉ちゃん、何ニヤニヤしてんの？　怖いんだけど」

隣に座っている美音が、不審そうに私を見た。

「今日のメニュー、当たったなーと思ってさ。玉ねぎの匂いだけでタコライスって分かったの、すごくない？」

「別に、すごくはないでしょ」

「だって玉ねぎ炒めるメニューなんて、世の中に何品あると思う？　そんな中でカレーかタコライスの二択まで絞ったんだよ？　ヤバいでしょ」

「何がヤバいのか分かんない。お姉ちゃんの話ってくだらないこと八割だよね」

「そう？　八割は言いすぎでしょ。せめて七割にしてよ」

「くだらないってことは認めるんだ」

「まぁね」

美音がどんなにクールな反応をしても、私は気にせずご機嫌でタコライスを口に運ぶ。チラッと横を見ると、美音の膝の上にスマホがのっていた。

「あっ、美音てば、またご飯中にスマホ見てる」

「美音、食事中は駄目だって言ったでしょ」

お母さんに注意された美音はムッと口を尖らせ、私を睨んだ。

「だって、会話に入らないと明日の話題についていけないじゃん」

「クラスのグループメッセージでしょ？　そういうの、面倒じゃない？」

私が聞くと、美音は何も答えずに不貞腐れたままタコライスを口に運んだ。

幸い今のクラスにグループメッセージはないけれど、もしあったら、返さないと嫌われると思って、私も美音と同じようにずっとスマホを見ていたかもしれない。だから、美音の気持ちはよく分かるけど……。

「そうやって、自分の時間とかご飯の時間とかを割いてまで返事を送る必要ないと思うな」

「お姉ちゃんには分かんないんだよ！　返さなかったら嫌われるかもしれないじゃん」

隣にいる私にだけ聞こえるような、すごく小さな声で美音が呟いた。

なんだか学校での私を見ているみたいで、胸が痛くなる。

「でもさ、本当は疲れるでしょ？　嫌なら無理してやらなくていいと思うけど」

「うるさいな！　何も考えてないお姉ちゃんには言われたくない」

美音がドンとテーブルを叩くと、お母さんが呆れたようにため息をついた。

「いい加減にしなさい。食事中にスマホは禁止。守らないなら没収するよ」

お母さんにそう言われ、美音はしかたなくスマホをポケットにしまう。そして、もう一度私を睨んだ。

「クラスのグループメッセージなら入らないわけにはいかないと思うけど、ひとつアドバイスすると、そういう時は一番最初に『うちはスマホ使える時間が決まってるから、あんまり返せないけどごめんね』って言えばいいんだよ。そしたらしょっちゅう気にしてスマホ見る必要もなくなるでしょ。次のクラス替えの時にはそうしなね」

「……ていうか、そういうことは、もっと早く教えてよ！」

「やっぱり面倒なんじゃん」

私が笑うと、美音もちょっとだけ笑った。

美音とはこんなふうにしょっちゅう言い合いになるけれど、次の日にはお互いけろっとしていて引きずることはほとんどないので、姉妹の関係は良好だと思っている。それに家族だから、たとえ嫌われたとしても美音のためになるなら言いたいことを素直に言える。

鼻を膨らませている可愛い妹を見ながら、私は好物のタコライスを味わった。

「花蓮、そういえば宿題はやったの？」

「食べたらやるよ」

「先にやりなさいって言ったでしょ」

「そうなんだけどさ、考え事してたらご飯の時間になっちゃったんだもん」

お母さんは「まったくあんたはほんとに」と、再び呆れたようにため息をついた。

「お姉ちゃんの考え事なんて、どうせくだらないことでしょ。悩みなんてなさそうだし」

「美音は私をなんだと思ってんのよ。私だって悩みくらいあるんだからね」

それも、恐らくこの世界で私だけが抱えている悩みだ。

家族には気を使うことなくなんでも言えるとはいえ、感情の色が見える力のことは別だ。家族にもさすがに言えない。

「そうそう、そんなことより私さ、体育祭で使うクラス旗の制作係になったんだ」

だから私は、さりげなく話題を逸らした。

「旗って、絵描いたりするの？」

「うん。このくらいの大きな白い布に、体育祭っぽいデザインを考えて描くんだって」

お母さんの問いかけに、私は旗の大きさを表すように両手を広げながら答えた。

「ちゃんとやれるの？」

「多分ね」

「多分って、クラスのことなんだからしっかりやりなさいよ」

学校ではしっかり者で通っているから大丈夫。なんて言っても、信じないだろうな。

美音なんて、『お姉ちゃんがしっかり者？　冗談でしょ？』そう言って丸い目をもっと丸くするはずだ。

「決まったからにはちゃんとやるよ。私、これでも学校ではかなり頼りにされてるんだから」

「嘘でしょ？　お姉ちゃんが？　いやいや、絶対そんなのあり得ない」

思った通りの反応に、私は思わずニヤリと笑った。

家での私と学校での私は全然違うから、美音が驚くのも無理はない。でも、学校ではみんなの色を見て嫌われないよう、空気を壊さないよう努力しているからすごく疲れるし、家にいる時くらいはありのままでいさせてほしい。

そりゃあ姉妹で喧嘩(けんか)もするし親に怒られたりもするけれど、家族なんだからあたり前だ。色の見えない家族には自分の気持ちを言えるし、今の私にとって、家の中だけが心の底からリラックスできる場所なのだから。

高校の入学式の日に初めて色が見えてから、どうして家族だけは見えないのだろうと不思議に思っていたけれど、今はそんなことどうでもいい。家族の空気まで読む気はないから、逆に見えなくてよかったのかも。これで家族の感情まで分かったら、息抜きの場がなくなってしまう。そんなの想像しただけで怖い。

「学校だけじゃなくて、家でもしっかりしてほしいもんだわ。漫画読んだりテレビ見たりしてばっかりいないで、ちゃんと勉強しなさいよ。体育祭が終わったらテストもあるんだから」

「はいはい。ちゃんとやるよ」

食器をキッチンに運んでから、私はリビングにある深緑色のソファーにだらりと腰かけた。

「ほらー、言ってるそばからこれだもん。宿題やるんじゃないの?」

「うん、やるよ～」

ソファーの上で横になった私は、テーブルの上に置いてあるリモコンに手を伸ばす。

『花蓮って困ってる時にいつも声かけてくれるよね』

『さすが花蓮、頼りになる』

『マジで花蓮てしっかりしてるわ』

そんなふうに言ってくれるクラスメイトは、知らない。私が本当はまとめ役なんてできない超絶面倒くさがり屋で、怠け者で、ガサツで、子供の頃からわりとなんでもハッキリ言っちゃう性格だということを。

そういう私が本音を隠して学校で上手くやっていけているのは、全部色が見えるお陰だ。みんなの感情が見えるから嫌われないし、しっかり者だと言ってもらえる。

でも、そうなるとやっぱりネックなのは学校の中で唯一色が見えない里美くんだ。

しかも明日からは一緒に係の仕事をしないといけない。

ほんと、どうして見えないんだろう。家族との共通点なんて見当たらないし。

色が見えないのなら表情とかで感情を判断するしかないけど、確実じゃない。

「はぁ……どうしよう……」

「ん？　なんか言った？」

「なんでもないよ。宿題やってくるね」

思わずこぼしたため息にお母さんが反応したため、私はようやく重い腰を上げた。

明日からのことを考えると憂鬱だけど、なんとか上手くやらないと……。

第二章　戸惑いの無色透明

「蒼空ならきっと、それはそれは最高にかっこいい旗作っちゃうんだろうなぁ。楽しみだな〜」

「はいはい。ハードル上げなくていいから、さっさと部活行けよ」

帰りのショートホームルームが終わってすぐ、矢野くんを追い払うように手を振った里美くんは、そのままダルそうに鞄を肩に担いで私の席の前に立った。

見上げると、眉間に軽くしわを寄せているやたらと整った顔が、不機嫌そうに私を見下ろしている。いつものように空気を読まないで、『やっぱり面倒だから係やめるわ』とか言い出しかねない顔だ。それはそれで大歓迎ですが。

「雨沢、美術室行くんだろ」

ちょっとだけ期待したけれど、やめないらしい。内心ガッカリしながら「うん」と頷いた。

私と同じで面倒なことは嫌いそうなのに、実は絵を描くのが好きなのかな？　なんて、どれだけ考えてみても、里美くんの感情は今日も見えないから分かるはずがない。

「これからよろしくね」

当たり障りのない言葉をできるだけ愛想よく言うと、里美くんは抑揚のない平坦な声で「あぁ」とだけ応えた。

これが矢野くんだったら、鮮やかなオレンジ色をまといながら『こっちこそ、よろしくね〜』とか言ってくれて、私も安心できたはずだ。先行きに不安しかないけれど、もうやるしかない。

「ファイト！」という菜々子のエールに見送られながら教室を出た私は、横に並んでしまわないように里美くんの少しうしろをついていく。

帰る生徒と部活に向かう生徒で溢れている廊下は、随分と賑（にぎ）やかだ。私の場合はそれプラス色も大渋滞しているので、余計に騒がしく感じられる。

でもこうして改めて見ると、色がない里美くんの背中は変に浮いていて、逆に見つけやすいということがよく分かる。

まぁ、大勢の生徒の中から里美くんを見つけ出す機会なんて、これまでもこれからも絶対にないと思うけれど。

「里美くんだ。どこ行くの？」

「ちょっと」

渡り廊下を抜けて西棟に入ったところで、他のクラスの女子に話しかけられた里美くんは、立ち止まらずに答えた。そっけない返事だ。

というか、今の女子だけではなく、男女問わず数人に声をかけられては「おう」とか「あぁ」とか「ん」とか、めちゃくちゃ簡単な言葉だけで対応していた。

どう考えても面倒くさそうな態度に見えるのに、話しかけた相手のほとんどが、ピンク色をまとっている。中には冷たい態度に赤色を少し浮かべてムッとする子もいたけれど、里美くんはまったく気にしていない。私には、何よりそれが不思議でならなかった。

私なら、嫌われないように色を見て相手の感情に合うようなリアクションを取るけれど、もし里美くんも私と同じように色が見えるとしたら、どうするのかな。さすがに怒らせないようにするのか、それとも真っ赤な色が見えてもやっぱり気にしないのかな……。

そんなことを考えながら、特に会話もなく美術室にたどり着くと、すでに他のクラスの係の姿があった。どうやら私たちが最後みたいだ。

放課後は美術部の活動もあるため、旗制作には学年ごとに交代で美術室を半分使用させてもらうことになる。今日は一年生の番だけれど、他の学年が使う時は教室で作業をする決まりだ。

「一年二組の雨沢です」

「里美です」

「二組のクラス旗係ね。じゃーこれ。今日は多分デザインを考えるくらいで終わっちゃうと思うけど、一応渡しておくから」

美術の先生から白い布を受け取り、六人用の大きな机の上に置いた。ちなみに、制作のために放課後残れるのは十八時までと決まっている。十日ほどで仕上げなければならないのだが、一日平均二時間前後しかないため、あまりのんびりしていたら間に合わなくなりそうだ。

まぁ、まずはデザインを考えないとはじまらないか。

他のクラスも布はまだ広げず、紙に何かを描いたり、ふたりで話し合っている様子が見られる。オレンジや緑など様々な色が混ざり合っていて、時々笑い声も聞こえるし、なんだか楽しそうだ。

さて、うちのクラス旗はどうしようかな。里美くんが仕切ってくれるとは思えないから、ここは私が切り出さないとはじまらないか。

「えっと、じゃあとりあえずデザインをどうするか決めないといけないから、お互いにいくつか考えて紙に描いて、それをあとで見せながら話し合うっていうのはどう？」

里美くんは布を触りながら「だな」と応えて、椅子に腰を下ろした。

相変わらず無色の里美くんは、私の提案に対してどんな気持ちなのか読めないけど、いちいち気にしていたら先に進めないから見ないようにしよう。

美術室にある下描き用の白い紙を用意し、大きなテーブルを挟んで里美くんと向かい合わせに座った。ペンケースからシャーペンを取り出して、白い紙を見つめながら頭をひねるけれど、アイデアがさっぱり浮かばない。

美術室の机って、改めて見るとカラフルだな。

あまりに何も出てこないからか、そんなことをふと思った。もちろん机の色自体がビタミンカラーとかそういうわけではなく普通に焦げ茶色なのだけれど、そこに所々絵の具の色が飛び散っているのだ。

何年この机が使用されているのか分からないけれど、落ちなかった、もしくは落とし忘れた絵の具が固まって残っているのだと思う。

これぞ美術室の机、という感じのこのカラフルな汚れ具合は、結構好きかも。

色なんて今まであまり気にしたことがなかったのに、そんなふうに感じるのは、みんなの感情が色で見えるようになったからなのかな。

ふと顔を上げ、正面に座っている里美くんに視線を移した。片肘をつき、眉間にしわを寄せながらゆっくりと何かを描いている。

里美くん、左利きだったんだ。

そんな新たな発見はあったけれど、難しい顔をしている無色の里美くんは機嫌がいいのか悪いのか判断できない。相手の気持ちが分からないと間違えてしまうかもしれないから、簡単に声をかけることができなくて必然的に無言になってしまう。

里美くんの髪の毛が、赤みを帯びた橙(だいだい)色の光を背後から浴びて輝いている。けれどこれは、楽しいと感じている時に見えるオレンジじゃない。窓から差す夕陽の色で、あたり前にみんなの目にも映る色だ。

目線を白い紙に落とした私は、過去のクラス旗デザインを参考に、とりあえず思いつくまま描いてみた。

美術室の中は比較的静かだけれど、それでも他のクラスの子たちが話をしている声は耳に入ってくる。でも、私と里美くんのまわりだけはずっと無音だ。

「雨沢って……」

けれど、そんな沈黙を突然打ち破った里美くんの声に、私は驚いて顔を上げた。

「雨沢って、空気読むのうまいよな」

視線を下げたまま、里美くんが言った。

このタイミングで言われると、なんで今？と思うけれど、そう思われたいと頑張っているので素直に嬉しい。

まぁ、実際に色を見て空気を読んで発言しているのだから、当然だけど。

「そうかな？　自分では分からないけど、でもありがとう」

「褒めてないけど」

「……えっ？」

「別に褒めてない」

チラッと私に目を向けて、里美くんは二度も同じことを言った。

空気が読めるって、普通は褒め言葉なはず。

冗談にしては意味不明だし、もし気に障るようなことをしていたなら謝らなきゃ、のちのち面倒なことになるけれど、そもそも私は里美くんとまともに喋ったことがない。会話をするのは今が初めてだと言ってもいいくらいだ。

それなのに、褒めていないっていうこと？　褒めていない言葉をわざわざ言う理由は？

手元に視線を戻した里美くんの表情に変化はなく、もちろん色も見えない。だから、返す言葉が思い浮かばない。

謝るべきなのか、笑うべきなのか、それとも同調すべきなのか。相手の気持ちが分からないと、正しい言葉を導き出すことができない。

大事なテストの一問目で超難題を突きつけられたような……いや、それ以上の緊張感が私を支配した。息が詰まって、胸の鼓動が速くなる。エアコンが効いているはずなのに、手のひらにじわりと汗が滲む。

「えっ、えっと……」

逃げるようにあたふたと視線をさまよわせた私は、適切な言葉をどうにか探し出そうと、脳内を模索した。他の生徒たちの色を見たところで里美くんの気持ちは分からないのに、どこかにヒントはないかと探してしまう。

一組の女子二名は悩みながら真剣に話し合っていて、四組の男子二名はただただふざけて楽しんでいるようだ。一方で、笑っているのに不満げな感情が見える生徒もいる。美術部の部員はそれぞれ多彩な感情を浮かべながら、作品と向き合っている。

まるで美術室全体がひとつのキャンパスのように、色で溢れている。ただ一か所を除いては。

「よし、こんなもんだろ」

私があれこれ考えている間にデザイン画を描き終えたようで、里美くんは持っていた鉛筆を置いた。

里美くんの背後を照らす夕陽の位置が、随分と低くなっている。時計を見ると、美術室に入ってから一時間以上経っていることに気づいた。

「雨沢は？　終わったのか？」

「え？　あ、う、うん。まぁ……」

さっきの言葉には触れもせず、まるで何事もなかったかのように里美くんが聞いてきたので、思わず口ごもった。『褒めてない』という言葉の意味を先に教えてほしいけれど、掘り下げないほうがいいのかもしれないとも思う。

「とりあえず、俺はこんな感じ」

紙をスッと押し出して、里美くんと私のちょうど真ん中辺りに置いた。それを見た瞬間、私は思わず首を傾げる。

「えっと……これは……トカゲ？」

「龍だ」

「りゅ、龍？　これが？」

「そう。龍、ドラゴン。空飛んで火吹いたり、願いを叶えたりするあの龍。知らない？」

いや知ってるけど、龍の説明を求めたわけじゃなくて……。

私は困惑したまま紙を手に取り、龍らしき絵をまじまじと見つめた。

想像している龍よりもだいぶ短めの胴体はスイカのような縦縞がギザギザに描かれていて、尻尾の先にはタンポポの綿毛みたいなモサモサした何かがついている。鳥の足みたいなものが胴体に四つ平行についていて、頭にはモヒカンのような髪がある。

そして顔は……完全に、人間の顔だ。

「なっ、なにこれ」

こらえきれずにプッと噴き出した私は、「あはは」と声をあげて笑った。

「なんで龍に眉毛？　鼻とか完璧に人だし、唇やたらリアルだし！」

里美くんがめちゃくちゃ真顔で描いていた絵がこれかと思うと、ギャップがありすぎて笑うなというほうが無理だ。

けれど、自分の笑い声に引きつけられるように周囲の目線がこちらに向かっていることに気づいた私は、すぐさま我に返った。

しまった、油断した。里美くんの色が見えていたら、絶対に笑うなんてことはしなかったのに。

「ご、ごめん。あの、そういうつもりじゃなくて」

どういうつもりだと自分に問いかけたけれど、分からない。ただ、人が描いた絵を笑うなんて、絶対に怒るに決まってる。

「なんで謝んの?」

里美くんが首を傾げた。

「えっ、だって、せっかく真剣に描いてくれたのに笑っちゃったから」

「俺がこれを真剣に描いたって、なんで分かるんだよ」

「なんでって言われても……。顔が、真剣だったから?」

どんな感情で描いていたのか他の人だったら簡単に分かるけれど、里美くんの場合は表情で判断するしかないし。

「顔で判断されても困るんだけど」

「ご、ごめん。あの……」

どうしよう。絶対に嫌われた。きっと怒ってるんだ。それで、矢野くんとか他の仲のいい友達に私のことを悪く言って、それが他の人に次々と鎖みたいに繋がっていって、結果的に私は……。

背中の辺りが冷やりとした。一度感じたことのある絶望と悲しみ。あの感覚がまた蘇ろうとした時、

「面白いと思ったから笑ったんだろ？」

里美くんの口角が、少しだけ上がったように見えた。多分、微笑んだんだと思う。

でも、なんで？　呆れて笑ったの？　それとも取り乱している私がおかしくて？

「別にいいじゃん。面白いと思ったなら笑えば。謝る意味が分かんねぇよ」

「だ、だけど、人が描いた絵を笑うなんて、悪いっていうか……」

「この絵を見て、すごい上手だね、とか、真剣に描いてくれたんだね、とか思う奴いるか？」

確かに。これは絵が苦手とかいうレベルではなく、どう見てもふざけて描いたとしか思えない。

「つーかさ、笑ってくれなかったら逆に寒いっていうか、真面目に返されてもこっちが困るんだけど」

「そう……なの？」

里美くんの言葉が本心かどうか分からない私は、恐る恐る聞いてみた。

「そりゃそうだろ」

「本当に？　本当に怒ってないの？」

繰り返し確認すると、里美くんが大きなため息をついた。呆れているというより、もしかしてなんか切れてる？

「あのさぁ、何をそんなに気にしてんの？」

「……え？」

頬杖をつきながら真っ直ぐ私に向けられる視線。里美くんに見つめられると、どうしたらいいか分からなくて目を逸らしたくなる。

「雨沢は面白くて笑ったわけで、俺も笑ってほしかったって言ってんだから、それでいいだろ」

「私は……」

気にしているのは、色だ……。

言葉では確かに怒ってないと言っているけれど、それが本音かどうか分からないから怖い。だから、里美くんの色が、感情が知りたい。

みんなと同じように見えたら、こんなふうに悩まなくて済むし、間違えたんじゃないかと不安になることもないのに。でも、それを正直に告げることはできない。

「で、雨沢は描いたのかよ」

「あ、えっと、一応描いたけど」

沈黙に痺れを切らしたのか、それとも面倒くさくなったのか、話題はクラス旗のデザイン画に移った。

私の気持ちはまだ切り替えられていないけれど、絵を描いた紙を今度は私が里美くんのほうに近づける。

「過去のクラス旗にはやっぱり龍が多くて、高く舞い上がる強そうな感じが体育祭っぽくていいのかなって思ったから」

私が説明すると、里美くんは絵に視線を落としたまま固まった。不満でもあるのか、またもや眉間に深いしわを寄せている。

今度は何？

里美くんの一挙手一投足にいちいち反応してしまう自分が、本当に嫌だ。

「これ、真面目に描いたのか？」

「え？　もちろんそうだよ」

何を言われるのかと思ったら、ふざけて描いた里美くんと一緒にしないでほしい。ちょっとだけイラッとして、思わず語気を強める。

「つーか、これ何？」

「何って、火の鳥だよ。大きく広げた翼の感じとか、鳥のまわりに炎がこう、ぼわっと出てる感じとか。あ、でも色塗ってないから分かりにくかったかも」

「いや、色がどうこうとかの問題じゃないだろ。真面目に描いてこれなら逆に怖いっつーか、雨沢の絵心だいぶヤバいな」

「ちょっと、それどういう意味!? 里美くんにだけは言われたくない」

確かに絵は得意なわけじゃないけど、この火の鳥はなかなか上手く描けたほうなのに。というか、里美くんが描いた謎の生き物のほうがよっぽど怖いし！

「この二枚を並べたら、どう考えても私のほうが上手いでしょ」

唇を尖らせたまま二枚の紙を見比べていると、クスッと小さな笑い声が聞こえて顔を上げる。ついさっきまでは、険しい顔で不機嫌な空気をバンバンこちらに向けて放っていた里美くんが、笑っていた。

大きな目を細め、一直線だった唇の端を上げ、相好を崩している。

あまり表情を変えない里美くんを見慣れているせいか、笑っているところを間近で見るというのは、なんだか不思議だ。

「これ、じっくり見たらどっちもヤバいよな。体育祭の日に、この絵が描かれたクラス旗持ってる真面目な顔の俺らを想像したら、なんか笑える」

うつむきながら笑いをこらえている里美くんの小刻みに震える肩を見ていたら、なんだか私までおかしくなってきてしまった。

自称龍だという奇妙な絵が描かれたクラス旗を持って、真面目な顔をしているジャージ姿のイケメンモテ男――里美蒼空の姿を想像した瞬間、笑いがこみ上げてきた。

まわりに迷惑をかけないよう両手で顔全体を覆っているけれど、指の隙間から「くくっ」という笑い声が漏れる。

どうしてこんなに笑っているのか、自分でもよく分からないと思いはじめてきたころ、「そろそろ時間だね」という誰かの声が耳に届き、ようやく高ぶった感情が収まってきた。

呼吸が落ち着き両手を顔から離すと、同じタイミングで頭を起こした里美くんと目が合った。そこでまた笑いそうになってしまったけれど、私は咳払いをして、なんとか誤魔化す。

「里美くんて、笑うんだね」

「あたり前だろ。つーか、いつも普通に笑ってるし」

「そうだけど、なんか笑う時も、もっとこう、かっこいい感じでクールに笑うイメージだったから」

「どんなイメージだよ」

努めて見ないようにしていたというのもあるけれど、里美くんの表情を、私はよく知らなかった。こんなふうに笑うのだということも。

「そういう雨沢も、普通に笑うことあるんだな」

「え？　私？」

「雨沢がちゃんと笑ってるところ、あんま見たことないから」

学校にいる時の私は、友達と話していて笑うことなんてしょっちゅうある。一匹狼ってわけでもないし、クール女子ってわけでもない。笑うなんて別に珍しいことじゃないと思うけれど。

それとも、里美くんも私と同じで、普段から私を見ていないのかもしれない。だから、私のことをあまり知らないんだ。

「でもさ、よく考えたらめっちゃくだらないことで笑ってたよね、私たち」

私はペンケースを鞄にしまい、帰る準備をした。他のクラスの生徒たちも同じように片付けをしていて、美術部はまだ絵を描いている。

「確かに」

そう言って里美くんが鞄を肩に担ぎ、椅子を持ち上げて静かに机の下に戻した。

私は、まだ何も描かれていない旗用の真っ白い布を、美術室の棚の隅に置かれている〝二組〟の箱の中に入れる。

「まぁ、くだらないことでもなんでも、面白いから笑うっていう、そういうあたり前のことが大事なんじゃねーの。あとは、ムカついたら怒るとか」

うしろにいた里美くんの言葉に、私は振り返って小首を傾げた。大事だという意味が分からなかったからだ。面白いから笑うのはあたり前で、そんなことは当然だ。

「えっと、どういう意味？」

素直に聞いてみたけれど、里美くんは私に背を向けて歩き出してしまった。

先生に挨拶をして美術室を出ると、里美くんがピタリと足を止める。

「このまま帰るんだろ？」

「あ、えっと、今日は千穂が部活終わるのを待ってから、一緒に帰る予定なんだ」

「あっそ。じゃあ俺行くわ」

背を向けた直後、里美くんはすぐにもう一度私のほうを向いて、思い出したように折りたたんだ一枚の紙を渡してきた。

「何？」

「俺が〝真剣に〟描いたほうの龍」

紙を開いた私は目を見張り、瞼(まぶた)を何度も上下させる。

「すごい。龍だ……」

鱗(うろこ)まできちんと描かれた龍は、どこからどう見ても龍で、今にも昇っていきそうな躍動感が伝わってくる。鉛筆書きだというのに、ふざけて描いた奇妙なモヒカン人面龍とは比べものにならないほど、毛並みの揺れまで繊細に描かれていた。

「めちゃくちゃ上手いんですけど！」

「子供の頃から絵描くの好きで、家でしょっちゅう描いたりしてたからかもな」

「へぇー……って、ちょっと待って。もしかして、私のことからかったの？」

上手に描いた絵があるのに、わざと下手に描いたほうを先に見せるなんて、そうとしか思えない。

「からかったっていうか、笑わせたかっただけ」

笑わせたかったという言葉は、ちょっと意外だった。矢野くんみたいな人が言うなら分かるけれど、里美くんはなんかもっとこう冷静沈着で、くだらないことはしないし、誰かを笑わせるなんて面倒くさいって思うような人かと思っていたから。

「笑わせなくていいから。せっかくこんなに上手なデザインがあるのに見せないなんて、今の時間が無駄になっちゃったじゃん」

けれど、そうじゃないということは、この二時間ほどで少しだけ分かった気がする。

「これからしばらくは嫌でもふたりでいることが多くなるだろうし、謎に気を使われてばっかだとこっちが疲れるから、一回思い切り笑ってもらおうと思ったんだよ」

「別に気を使ってるつもりなんて……」

ないとは言わなかった。むしろ、里美くんの色が見えなくて不安で不安でしかたがなかった。言葉のひとつひとつに本当はどんな意味があるのだろうと考えて、気を使ってしまう。

「えっと……とにかく、その、明日はちゃんとデザイン決めようね」

私は誤魔化すようにそう言って顔を上げた。

頭ひとつ分以上は上にある里美くんの視線と、私の視線がぶつかる。何を考えているのか分からない目は、逸らすことができないくらい真っ直ぐだ。

「面白くて大笑いしたり、ムカついて唇尖らせながら怒る雨沢のほうが、俺はいいと思うけど」

「――……!?」

なんの前触れもなく突然投げかけられた言葉に驚いて、声が出なかった。

美術室から出てきた他のクラスの生徒が、私たちを横目でチラチラ見ているのが分かる。

「えっと、じゃあ、私もう行かないとだから、また明日よろしくね」

そう言って里美くんを追い越した私は、足早に、逃げるように去った。

大丈夫かな……。さっきいた子たちに誤解されていないだろうか。深い意味なんてまったくないのに、『里美が雨沢のこと〝いい〟って言っていた』なんて間違った噂が立ったらと思うと、胃の辺りがキリキリと痛くなる。

お腹を押さえながら西棟の階段を一階まで下り、そこから裏手にある体育館に向かった。

夕方のこの時間はまだ明るさが残っているけれど、真夏に比べると日が暮れるのは随分と早くなったように思う。でも日中はまだまだ暑いし、じめっとした空気は肌にまとわりつくので、秋の気配はあまり感じない。

ドアまで近づくと、ボールの音や部員のかけ声までよく聞こえてくる。中をそっと覗（のぞ）くと、広い体育館の半分を女子バレー部が、もう半分を男子と女子のバスケ部が分けて使っている。

たくさんいる女子バスケ部員の中で、千穂の姿を見つけるのは結構簡単だ。一番というわけではないけれど背が高いし、それ以上に動きが目立っている。バスケ素人の私が見ても、千穂のプレイは目を引くものがあった。

千穂が放ったシュートが見事に決まると、千穂のまわりに見える色の中で、オレンジが一瞬だけ濃くなった。それを見た私は嬉しくなって、小さく拍手を送る。

「ラスト一回！」

かけ声を聞いた私は、もうすぐで終わるのだと悟り、外で待つことにした。

体育館の壁に寄りかかると、少し伸びた雑草が足元をくすぐる。

ふーっと息を吐き、昼間とは違う色の空を見上げた。

「さっきの私か……」

里美くんの言葉が脳裏をよぎり、空に向かってぽつりと呟いた。

言われてみれば、学校の中で相手の色を見ずに自分の感情のまま笑ったりしたのは、久しぶりかもしれない。里美くんに誘導されてしまったというのもあるけれど、色が見えるようになってからは、家族以外で初めてだ。

千穂や菜々子と一緒にいて楽しいと思う気持ちは本物だけれど、常に相手の気持ちを考えて発言してしまうのも事実。相手の色を見てからでないと、怖くて何も言えなくなるから。

けれど里美くんが相手だと、見えないからこそ何も考えずに言うしかなかった。

不安が九割だったけれど、残りの一割は、正直ちょっとだけ……楽しかったかも。

でも、今日はたまたま上手くいっただけかもしれないから、これからも里美くんと話す時は気をつけて、よく表情を見ないと。

それから旗制作も進めよう。まずは明日デザインを決めて、二日くらいで下描きでしょ、それで今週中にはある程度色塗りまでいけたらいいな。

バスケ部の声を背に、今後の計画をなんとなく頭の中で組み立てながら、うっすら残っていた空の明かりが消えていくのを、少しの間見届けた。

＊

「それで、どうなんだ？」

まずい。非常にまずい……。

クラス旗係に決まってから今日で五日。作業をはじめて四日目だというのに、色塗りはもちろん、下描きどころかデザインさえまだ決まっていない。

佐藤先生は恐らくそのことを美術の先生から聞いたのだろう。放課後呼び出された私は、職員室の前にいる。もちろん里美くんも一緒に。

ドアから少し離れたところに立っている私は、背の高い佐藤先生を見上げた。

「えっと、毎日話し合ってるんですけど、まだデザインが決まってません」

目の前にいる先生は怒っているわけではないけれど、心配してくれているようだ。

それから、ちゃんとできるのか担任としては不安もあるのかもしれない。先生が灰色を浮かべたくなる気持ちは私もじゅうぶん分かる。

でも私たちが決して遊んでいたわけではないということは、時々様子を見に来ていた先生だって知っているはずだ。

里美くんの龍はすごく上手だったけれど、本人があまり気に入っていなかったらしい。だったらもう少し色々考えようと私が言って、その後も私は真剣にデザインを何枚も描いてきたけれど、結果的にどれもしっくりこないまま四日が経ってしまった。
だから、何もしていなかったわけじゃない。
ただ、自分が考えたデザインでクラスのみんなが本当に納得してくれるのか、喜んでくれるのだろうかと考えると、どれも違うのではと不安になってしまって決められないだけだ。

旗制作は里美くんとふたりだから、いつものようにみんなの反応を見ることはできない。多分、それが最大のネックになっている。これが里美くん以外であれば、相手の色を見て判断できるのに。

ちらりと隣を見上げると、両手を頭のうしろで組んでいる里美くんがあくびをした。大きな口を開けても顔が整ったままなのはすごいけれど、呑気すぎる。

私は先生に聞こえないように小さなため息をこぼした。

旗制作が進まないのは私の問題でもあるけれど、里美くんにだって大いに問題がある。何しろ、私が何枚もデザインを考えて描いている間、里美くんは一枚も描いていないのだから。あれだけ絵が上手いくせに。

しかも里美くんは、私が描いた絵を見せても『いいんじゃない』としか言わない。感情が分からないから、本当にいいと思って言ってくれているのか判断できなくて、私はそこでまた悩んでしまう。

何枚描いても毎回その繰り返しだから、私は迷宮入りしたまま抜け出せず、今に至るのだ。

「まぁ、あんまり考えすぎなくていいんだぞ。うちのクラス旗係はふたりなんだから、ふたりが一生懸命作った旗なら、みんなも喜ぶと思うし」

本当に、そうなのかな……。

私が考えたデザインで旗を作って、それを見たクラスメイトは本当にみんな喜んで、納得してくれるだろうか。

ダサいとか、変だとか、かっこ悪いとか、他のクラスの旗のほうがいいとか、そんなふうに思う人は、本当にひとりもいないのだろうか。

仕上がった旗をみんなに見せた瞬間、クラスの空気が一瞬にして灰色に染まってしまったら……。どうしても、そんな嫌な想像をしてしまう。

今のクラスでの体育祭は一度しかない。だからこそ、みんなが楽しめればいいなと思うけれど、私が作った旗がみんなのやる気を削いでしまうことになったらと思うと、簡単に決められない。かといって制作期間はあと一週間しかないので、いつまでも悩んでいるわけにもいかないし。

「……は、はい。あの、頑張ります。大丈夫です。里美くんは絵が上手いですし、あと五日あればちゃんと仕上げられます」

先生のまわりの灰色がさっきよりも濃くなっていることに気づいた私は、慌てて答えた。不安しかない本心とは裏腹な笑みを、顔に貼りつけて。

「里美はどうだ、大丈夫か？」

先生の言葉に、私は『ややこしくなるようなこと言わないでよ』と、里美くんに念を送る。すると珍しく空気を読んだのか、それとも先生に呼び出されているこの状況が面倒になったのか、多分後者だと思うけれど、里美くんは「大丈夫です」とあっさり答えた。

私自身も、時折職員室を訪れる生徒の視線や色が気になるので、できれば早く終わらせたい。里美くんと並んで立っていると、悪い意味で目立つから。

「ならいいが。デザインに悩んでるならヒントになるようなものを見たりしたらどうだ」

「ヒントになるようなものですか？」

「例えば、そうだな……」

私が聞き返すと、先生は腕を組みながら一瞬天井に向けた視線を、私に戻した。

「もうやってるかもしれないが、ネットで色んなイラストを見たり、普段はあまり目にすることのないようなものを見るとか。あとは、外を歩きながらまわりの景色に目を向けるとかな。ふとした時にアイデアが浮かぶこともあると思うぞ」

なるほど。今日の帰りは、いつもと違う道を歩いてみるのもいいかも。

「そうだ、ふたりで美術館とか行ってみるのはどうだ？」

耳を疑うような先生の言葉が突然降ってきて、思考が一瞬停止した。

ふたりっていうのは、まさか私と里美くんのこと？

「この辺だと、無料で入れる美術館もあるし」

学校の二駅先に、区が運営しているという美術館が確かにある。地元出身の画家の個展が開かれていたり、地元の小中学校の生徒の作品が飾られていたりと、内容はその時々で変わるけれど、多くは地元に関係した展示が多い。

「えっと、美術館ですか？」

「なんだ、雨沢は興味ないか？　たまには芸術に触れるのもいいぞ」

体育教師の佐藤先生の口から芸術についての話は一度も聞いたことがないので、あまり説得力がないけれど、問題なのは美術館に行くことじゃない。むしろ美術館や博物館は好きなほうだと思う。

でも、里美くんとふたりで行くというのはどうだろう。いくら係の一環だとはいえ、ふたりでそんなところへ行って、もし学校の誰かに見られたら。ただでさえ里美くんは目立つのだから、見られる可能性はじゅうぶんすぎるほどある。

「いえ、興味はあるんですが。でも、その……」

歯切れの悪さから、気乗りしていないことがバレバレだと自分でも思う。

「そんなに口ごもるなんて、雨沢らしくないな」

先生の一層濃くなった灰色の中に、わずかな赤が混ざった。その色を見た瞬間、押さえつけられるような圧迫感を感じ、少しだけ息苦しくなった。

怒っているわけではないと思うけれど、せっかく提案してくれたのに私が微妙な反応をしたから、先生の気分を損ねてしまったのかもしれない。

「行ってみます！　美術館好きなので」

空気を読んだ私は、乾いた笑みを浮かべながら言い切った。

「おぉ、そうか。うん、そうしたらきっといいアイデアが浮かぶと思うぞ」

赤はまだ残っているけれど、さっきまでなかった黄色や緑が見えた。満足そうに頷く先生を見て、私は安堵する。

「じゃあ、何かあったら学級委員や実行委員にも相談して、しっかり進めろよ」

「はい。分かりました」

職員室の中に戻っていく先生を見届けたあと、ヘラヘラと笑みを浮かべたまま隣を見たのだけれど……。

——えっ、なんか怒ってる？

里美くんはなぜか、冷ややかな目で私を見下ろしている。

「なんであんなこと言ったんだよ」

「あんなこと？」

「最初は渋ってたくせに、いきなり『行ってみます！』とか、元気よく答えてたじゃん」

　あれは先生の色が気になったから空気を読んだだけだ。──とは言えないけれど、先生の機嫌を取るためには、あれが一番正しい答えだったと思う。

「そんなに怒らなくても、私ひとりで行くから心配しないで」

　噂にでもなったら最悪だと思ったけれど、何も絶対にふたりで行かなければいけないわけじゃない。

「別に怒ってないし、心配もしてないけど」

　しかめ面だし、どうみても怒ってるように見える。

「つーか、雨沢は行きたいと思ったからそう言ったんだよな？」

「行きたいっていうか……うん、まぁそうだけど」

「じゃー明日、美術館行くぞ」

　そう言って、廊下を歩きはじめた。

「行くって、まさか里美くんも？」

　慌ててあとを追う私。

「当然だろ」

思わぬ事態に焦る私をよそに、里美くんはつかつかと足を進める。

「ちょ、ちょっと待って。無理しなくていいよ」

なんとかするために、私は笑いながらできるだけ優しくそう訴えた。

「無理してんのはどっちだよ」

「どっちって……」

色が見えないのは本当に厄介だ。美術館に興味があるようには見えないのに行くと言い出すし、怒ってないと言いつつ顔は怒ってる。里美くんはいったい何を考えているのだろう。

「確か雨沢の家って、遠いよな？」

今度は急に立ち止まり、振り返ってそう聞いてきた。

「え？　うん、遠いよ。片道一時間半だからね」

確かって、私の家が学校から遠いのを知っているってこと？

そうなると、同じ小学校だったことも覚えているのかもしれない。

「だったら、休みの日にわざわざ遠い美術館まで行くなんて、面倒じゃねぇの？」

「楽ではないけど、もう慣れたから全然平気」

休みの日に遊ぶような友達は千穂と菜々子くらいで、ふたりとも家は学校から三十分以内の場所にある。だから私が出向くことが多いし、それが嫌だと思ったことは一度もない。私の足が自然と地元から遠のいているというのもあるけれど。

「ていうか、なんでそんなこと聞くの？」

「別に、大変じゃないのかなと思っただけ」

もしかして、私のことを気遣ってくれた？　だとしたら、空気を読まない里美くんにも気を使うという一面が実はあるということになる。

確か、前に菜々子が話していたな……。

『あたし、一学期に世界史のグループ学習が里美くんと一緒だったんだけど、適当にやってるように見せかけて、実は一番しっかり調べてたんだよね。あたしがどうしたらいいか分からなかった時もアドバイスしてくれたし。あの顔で実は優しいとか、最強かよ』

私に気を使ったさっきの言葉が、もしかしたら菜々子の言っていた里美くんの優しいところなのかな。

だけど、それとこれとは別だ。ふたりきりで行くのは避けたい。

「大変じゃないし、本当に私ひとりで行くからいいよ」

「なんで、俺もクラス旗係なんだけど」

「で、でも、ほら、里美くんだって休みの日にわざわざ面倒でしょ？」

「そんなに俺と行くのが嫌なのかよ」

表情は変わらず、声だけが少し低くなった。一緒に行くことを拒んでいるのだから、そう思われてもしかたがないし、今度こそ怒らせてしまったかもしれない。

「そういうわけじゃなくて、なんていうか……」

見えないけれど、濃い赤色をまとう里美くんを想像して言葉に詰まった。

「えっと、わざわざ……ふたりで行くことも、ないかなって……」

恐る恐る顔を上げると、廊下の先にいる女子数名が、こちらを見てコソコソ話しをしている。紫色が浮かんでいるし、もしかすると何か疑われているのだろうか。

話したこともない、名前も知らない女子たちだけれど、不穏な色が見えるというだけで落ち着かなくなる。とにかく早くこの場を、里美くんの隣を離れたい。

「だからさ、その、明日は私──」

「なんかめんどくせぇ」

私の言葉を断ち切るように、里美くんが分かりやすく舌を鳴らした。

「どうでもいいから、明日十時に駅前。改札出たところで待ってる」

ハッキリと、廊下の先まで聞こえるような声で言い放ち、里美くんは立ち去った。

私の返事は聞かないと言わんばかりの速さで、あっという間にその背中が視界から消えた。

私は、だらりと下げた両手でスカートをキュッと握る。

だから、生徒が行き来する学校の廊下で、そういう誤解を与えるような言葉を堂々と言うのはやめてよ！

本当に里美くんは、空気を読むということを知らない人だ。里美くんにこそ、色が見える力が必要なのではと本気で思う。

もしそうなったら、不安でいっぱいのどんよりとした灰色が、私のまわりに見えたはず。見えていたらきっと、あんなふうに大声でデートの約束だと勘違いされるような言葉は言わなかったはずだ。ひとりで行きたいという私の気持ちを汲んで『じゃあよろしく』と、すんなり納得してくれたのかも。

そこまで考えてから私は腕を組み、首を傾げて「んー」と小さく唸る。そして、色が見えても見えなくても、やっぱり里美くんは変わらないんじゃないかと思った。なんとなくだけれど、相手の気持ちが見えたところで、気にせず我が道を行くような気がする。

つまり私は、自分と正反対な里美くんが苦手。最終的には、そういう結論に至る。

＊

朝八時半。休日に朝早く出かけることが珍しいからか、家族からは〝彼氏でもできたのか〟という好奇心強めな視線を浴びせられたけれど、私はそんな家族に対して本当のことを正直に告げた。クラス旗係として、芸術的感性を高めるために出かけるだけだと。

美音には「お姉ちゃんが芸術的感性って」と鼻で笑われたけれど、気にしない。ただ、勘違いされたら面倒なので、一緒に行く相手が男子だということは伏せて家を出た。

私の地元は決して都会とは言えないけれど、昔から地元の人に愛されている商店街や、学校や病院はもちろん大きな商業施設だってある。だから不便なこともないし、言うなれば都会と田舎のちょうど中間みたいなところだ。

住みやすくて好きだけど、でも、休日に地元で遊ぶことはあまりない。

高校生になってから、厳密に言うと中学三年の三学期から、私は無意味に地元を歩かなくなった。例えば病院に行くなどの理由があっても、地元を歩く時の私の視線は常に地面に向いている。会いたくない人に会ってしまうのが嫌だから。

地元の駅からそそくさと電車に乗り込んだ私は、空いている椅子に座ることなく、ドアの前に立った。そして、外を眺める。こうしていれば車内に誰か知り合いがいたとしても気づかないし、色が見えることもないから。

相手の感情を知りたいと思う時には便利な能力だけれど、どうでもいい時でも常に色が見えてしまうのは、実は結構疲れる。

手すりを掴み、ドアの窓からぼーっと外を眺めた。時間が進むみたいに、見える景色が徐々に都会へと変化していく。

毎日見ているから感動も感想も特にないけれど、都会のビル群が目立ちはじめると、それは地元を離れたという合図みたいなものだから少し安心する。

二度乗り換えて、学校がある駅よりもふたつ前の駅で降りた私は、ホームに立ったまま視線を左右に動かす。出口はひとつしかないようだ。

私は、一度深呼吸をして気持ちを落ち着かせた。

今日をどう乗り切るか。里美くんの色が見えないなら、とにかく余計なことは言わないほうがいい。でも、ふたりで行くのにひと言も会話を交わさないなんて、きっと無理だ。どうすることが一番なのか分からない以上、あまり考えないようにするしか方法はない。里美くんの反応をいちいち気にしていたらまともに会話なんてできないし、もうそれしかない。

「よしっ」

小さく気合いを入れてからスマホで時間を確認すると、待ち合わせまでまだ十五分もある。少し早く着きすぎた。張り切っていると思われたら嫌なので、コンビニかどこかで時間を潰したほうがいいかもしれない。近くにあればいいけれど……。
と、あまり考えすぎないと決めたばかりなのに、無意識に相手の反応を気にしてしまっている自分に気づき、ため息をついた。

角が立たないように無難な言葉を選べば大丈夫なんだから、気にするな。もし間違えても、それは色を見せてくれない里美くんが悪い。

そう納得させて階段を下り、改札を出た瞬間、飛び込んできた光景に思わず足を止めてしまった。

目に映ったのは、少し先に佇（たたず）んでいる、待ち合わせ相手の里美くんで間違いない。早く着きすぎた私よりも、里美くんのほうがもっと早く来ていることには確かに驚いた。けれどそれだけじゃなくて、なんというか……近づくのをためらってしまうほど、里美くんの姿はあまりにも目立っている。

ブラウンのワイドパンツに、長さが左右違うアシンメトリーの黒いＴシャツの裾からは、中に重ねている白い裾がちらりと見えている。

なんてことないラフなスタイルで、スマホを見ながら立っているだけなのに、雑誌の撮影でもしているのかと思えるほど立ち姿が美しい。通りすぎる女性が、薄っすらピンク色を浮かべながら里美くんをチラ見してしまうのも頷ける。

もしかすると、これがオーラというやつなのか。今日も変わらず色は見えないけれど、代わりに里美くんは何か特別な光のようなものを放っているのではと思うほどだ。

ワイドストレートのデニムパンツに白Tシャツをインした、超シンプルな格好の平凡な私が『待たせてごめん』なんて言いながら軽々しく駆け寄れる雰囲気じゃない。

制服姿しか見たことがないからか、私服の里美くんは学校にいる時以上に近寄りがたいなと、どこか他人事のように思っていると、里美くんがふと顔を上げた。そして私はなぜか目を逸らす。

いや、なんで逃げてんのよ。待ち合わせ相手なんだから堂々とすればいいのに。

動揺した表情をスンと真顔に戻して里美くんに近づき、里美くんのスニーカーが目に入ったところでゆっくりと顔を上げた瞬間、私はハッと息を呑む。

「お、おは、よう……」

「おはよう。なんだ、眠いのか？」

表情はどうにか保てたけど、間近で見る休日モード里美蒼空のオーラは思った以上に破壊力がすごくて、緊張で口が上手く回らなかった。恥ずかしい。

「朝だから、ちょっと噛んじゃっただけだよ」

「ふーん。ま、別にいいけど。美術館、十時から開くみたいだから、行くぞ」

「場所分かるの？」

昨日調べようと思っていてすっかり忘れていた私は、スマホを取り出して検索しようと思ったのだけど。

「昨日調べた。行くって決まってたら普通調べるだろ」

里美くんにそう言われて、そっとスマホを鞄にしまう。面倒なことはどうしても後回しにしてしまう私とは違って、里美くんは意外としっかりしているのかも。

とりあえず、迷いなく足を進めた里美くんのうしろをついていこう。

「そうだ」

と思った矢先、里美くんが足を止めて振り返った。

「ひとつ言っとくけど、今日一日、雨沢は俺の反応をいちいち気にするの禁止な」

「……え？」

「余計なこと考えるなって意味」

「あの、それってどういう……」

あまり考えないようにすると決めたのは自分だけど、それを里美くん本人から言われるとは思わなかった。

「雨沢が変に俺に気を使うごとに、ジュース一本な」

「ちょっと待って、意味分かんないよ。だいたい、変に気を使ったかどうかなんてどうやって判断するの？」

「どうやってって、俺が決める」

「そんなの、里美くんの匙加減でどうにでもできるじゃん」

私は普通に話しているつもりでも、里美くんが気を使われていると判断したらおごらなきゃいけないなんて、どう考えても私に不利すぎる。

抗議の意味を込めて軽く睨んだつもりが、里美くんは唇の片端を少し上げて、笑った。多分だけど、私にはそう見えた。何がおかしいのか全然分からない。

「じゃ、そういうことだから。行くぞ」

「ちょっと、勝手に謎のルール決められても困るよ」

私の声を無視するように、再び歩き出した里美くん。立ち止まっているわけにはいかないので、しかたなくあとを追う。

土曜の朝だからか、働く大人らしき姿はあまり見当たらなくて、街全体も心なしか静かに感じる。

朝から色々と考えすぎていて気づかなかったけれど、今日は雲ひとつない快晴だし、この時間はまだ朝の清々しい空気を含んでいるから絶好の散歩日和だ。

こんな過ごしやすい休日の朝から里美くんとふたりで出かけているという今の状況は、なんだか不思議でしかたがない。

そんなことを思っていると、目的の美術館は公園を通り過ぎた先にあった。区が運営しているというから役所っぽいコンクリート感満載の外観なのかと思っていたけれど、茶色いレンガ造りの建物は意外とお洒落だ。

入り口の自動ドアの横には白い看板が立てかけられていて、『第二十三回・夏の思い出作品展』と書いてある。

「これ、夏休みに募集してた作品の展示会らしい」

「もしかして、なんか宿題と一緒に配られてたプリントの?」

私の問いかけに、看板を見ながら里美くんが頷いた。

学校の宿題とは別に、絵画や工作や作文、詩なんかを募るプリントが何枚か配られたのだけれど、それはやりたい人だけが参加するシステムなので強制ではない。

夏休みの宿題だけでも大変なのに、わざわざ時間を割いて応募する生徒なんてほとんどいないんじゃないかなと思う。もちろん私も美術や作文の才能があるわけでもないし、何より面倒だったのでやっていない。

「じゃー行くか」

「うん」

開館時間とほぼ同時なので誰もいないのではと思っていたけれど、中に入るとすでに何人かいた。そのほとんどが、コンクールで選ばれたと思われる子供とその親で、中高生同士のグループも何組かいる。知り合いは見当たらないので、少しホッとした。

展示は小学生、中学生、高校生部門の三つに分かれていて、それぞれ別のフロアで展示されているようだ。案内板を見た私たちは、小学生の展示から順に回ることにした。

小学生の応募作品は紙粘土で、名前の書かれたプレートとともに、入選した作品が壁に沿って飾られている。

〝夏の思い出〟というザックリとしたテーマにもかかわらずどれも個性的で、且つ目を引くものばかりだった。さすが選ばれただけある。

「上手だね」などと言いながら、作品を眺めたり写真を撮っている人たちがたくさんいるけれど、気づくと里美くんが近くにいなかった。てっきりそばで見ていると思っていたのに。

その場で背伸びをしながら視線を動かすと、随分と先まで進んでいる里美くんの姿が見えた。ひとりだけ色がないから、やっぱり見つけやすいなと思いつつ、私は観覧スピードを上げながら里美くんのいる場所まで追いついた。そして、里美くんの腕を軽くポンと叩く。

「里美くん、先に進むなら言ってよ。気づいたらいないから探しちゃったし」

小声で告げると、里美くんは横にいる私を一瞥(いちべつ)してから、またすぐに目の前の作品を見つめた。

「あぁ、悪い。こういうのって自分のペースがあるし、相手に合わせて観るってできないから」

だったらなぜ一緒に行くなんて言ったんだ、と訴える私の心の声が届いたのか、里美くんの視線が再び私に移った。

「なんか言いたそうだけど、何?」

「え? 別になんでもないよ」

「あれ? 今、俺に気い使ったよな? そういや、ちょうど喉渇いてきたかも」

「いやいや、気なんか全然使ってないし」

疑いの目を向けられた私は、ぎこちなく笑いながら誤魔化すように慌てて手を振った。

勝手に決められた謎のルールのせいでジュースをおごるなんて絶対に嫌だけど、かといって、相手の反応を気にせず本音をそのまま伝えることは、ものすごく難しい。

そんなふうに悩んでいると、里美くんは「あっそ、ならいいけど」と言って作品のほうへ意識を向けた。そしてまた、私のことなんて気にする様子もなく歩きはじめる。

里美くんは確かにかっこいいけど、これじゃあモテないだろうなと密かに思いながら、私も私のペースで進むことにした。

まぁ、そのほうが正直助かる。このままお互い別々に回って最後に合流し、旗について少し話をしてから解散すればいい。そう思うと、少し気が楽だ。

小学生の展示を観終わった私は、続いて隣のフロアにある中学生の絵画を観てから階段で二階に上がり、高校生の作品が展示されているフロアに入った。

その間、里美くんとは完全に別行動で、話をすることも、同じ作品を一緒に観ることもなかった。

やっぱりふたりで来た意味なんてないじゃん。そう思っていたら、フロアの奥のほうで絵を眺めている里美くんの横顔を見つけたけれど、私は私で構わず展示品に目を向ける。

中学生の絵画は全部同じサイズの画用紙に描かれた水彩画だったけれど、高校生部門はキャンパスのサイズは問わず、水彩、油絵、アクリルなど種類も様々だ。

うちの高校もこの作品展に参加しているから、誰か知っている生徒の名前もあるかもしれない。美術部の生徒の名前はありそうだな、などと思いながら順に観ていく。

高校生ともなるとさすがというか、プロだと言われてもなんの疑念も湧かないくらい、どれも素晴らしい絵ばかりだ。

同じ高校生なのに、世の中には才能に溢れた人がたくさんいるんだなと感心しながら見ていると、うちの高校の名前が書かれたプレートが目に入った。これまで観た作品となんら変わらず、それらも魅力ある絵ばかりだ。

すると、私の視線はあるひとつの作品に釘付けになった。

話す相手がいないので完全にひとりごとだけれど、呟かずにはいられないほど惹き込まれて、見ているだけで胸の鼓動が勝手に速くなる。

目の前にある絵は、どこか高い場所から見た景色が描かれていた。遠くにはぼんやりと山々が連なっていて、眼下に広がるたくさんの家屋は、屋根や窓などの外観はもちろん、生えている草木や壁の汚れなど一軒一軒どれも細かく丁寧に描かれている。

そして、私が最も惹き込まれたのは、正面に描かれている空だ。明け方だろうか、白く霞む空の上部には、なぜか色とりどりの花々が薄く描かれていた。不思議な光景だけれど、とても美しい。

山々のうしろから昇ろうとしている朝日は、きっとあと一時間もしないうちにこの町を明るく照らしていくのだろう。そして、空から雨や雪が降るように、この町には花が降り、一日がはじまっていく。そんなふうに想像できる絵だ。

この絵を描いた人はきっとこの町が、この景色が好きなのだろう。そう思いながら、絵の下に貼られているプレートに目線を下げた瞬間、

「これ、好きかも」

「えっ!?」

短くも、普段は決して出さないような高い声をあげてしまい、慌てて自分の口を両手で塞いだ。

周囲の人の視線が一瞬だけ集まったけれど、私が「すみません」と言いながら小さく頭を下げると、その視線もすぐに散り散りになった。

深呼吸をして気持ちを落ち着かせてから、改めて顔を上げる。見間違いではなかった。ぽかんと口を開きながら、そこに書かれている文字をまじまじと見つめる。

【タイトル・雨上がりの空】

【作者・里美蒼空】

「里美…蒼空……」

確認するように忍び声で読み上げると、正面に影が差した。背後に気配を感じて振り返った私は、再び出そうになる声をグッと呑み込み、瞼を大きく見開く。

「なんだよその顔。俺はバケモンか」

「だっ、だって、これ」

飾られている絵と里美くんを交互に指差した。何度瞬きをしても、この絵の作者の名前は里美くんだ。学校に同姓同名はいないはずだし、多分、目の前にいる里美くんで間違いない。

「もしかして、自分の作品が見たいから一緒に行くって言ったの？　ひとりで行くのが恥ずかしかったとか」

別行動を取るなら一緒に行く必要なんてなかったのに、そういう理由ならちょっと納得できる。

「そういうわけじゃねぇよ。たまたまだ」

「だったらなんで言ってくれなかったの？　ビックリしたじゃん」

驚いたし、それに、この絵が好きだと思ってしまった。いや、そう思うことは悪くないのだけれど、里美くんの作品だと知った途端、謎の恥ずかしさに襲われて、ちょっと気まずい。

「なんで言わなきゃいけないんだよ」

「なんでって、一緒に行くなら普通最初に言わない？」

「言わなくたってどうせ分かることだろ」

「そうだけど、でもやっぱりどう考えてもおかしいよ。だって、里美くんは絵が上手なんだから……」

旗のデザインなんて、私がいなくてもひとりで簡単に考えられるはずなのに、どうして描いてくれないの？

そんな言葉が浮かんだけれど、口には出さなかった。色が見えないと、ついなんでも言ってしまいそうになるから怖い。

「だから、なんだよ」

「……ううん、別に。なんでもない」

頭を左右に振ると、里美くんが舌を鳴らした。不快にさせるようなことは何も言っていないのに、私を見下ろす目がやたらと怖い。

変に気を使ったのを見抜かれて、またジュースをおごれとかなんとか言い出すのかと思いきや、里美くんはそのまま黙ってフロアを出た。

絶対に不満があるような顔だったのに。私が言えることじゃないけれど、何かあるなら言ってほしい。里美くんは色が見えない分、言葉にしてくれないと反応に困るんだから。

なんだかモヤモヤした気持ちを抱えたまま、美術館を出た。

「で、どうだったんだよ。いいデザイン思いつきそうか」

入り口から少しずれた場所で立ち止まり、里美くんが聞いてきた。

確かに様々な作品を目にしたことで刺激にはなったし楽しかったけれど、それで自分の才能が突然開花するわけじゃないので、思いついたかと言われると微妙だ。

でも里美くんの絵を見た時、実は頭の中で少しだけアイデアが湧いたのだけれど、まだなんとなく浮かんだだけだから言わないでおこう。

「えっと、どれもすごい上手で参考になったけど、すぐにはまだ考えつかないかな。とりあえず家に帰ってから――」

「じゃあ、次行くぞ」

「……え？」

私が言い終わる前に、里美くんは美術館をあとにして歩きはじめた。

今、次って言ったよね？　行くってなんのこと？

頭の中で疑問符が次々と浮かぶ私とは反対に、里美くんの中ではすでに決まっていることがあるのか、迷いなくスタスタと足を進める。

「あの、ちょっと」

さすがにこのまま黙ってついていくわけにはいかないし、美術館の中で自分勝手に動くのとはわけが違う。

「ちょっと待ってよ、里美くん」

呼び止めると、ちょうど信号が赤になって里美くんが止まった。赤じゃなかったら止まってくれなかったのかもしれないと思うと、お腹の底から大きなため息をつきたくなった。

「何？」

嘘でしょ。この状況で何って聞く？　聞かなきゃ分からないの？　私、明らかに戸惑ってるんですけど。

「あのさ、次行くってどういうこと？　それは私も行かなきゃいけないのかな」

グッと呑み込んだ言葉をできるだけマイルドに、口調も穏やかにして里美くんに投げた。

「今日はクラス旗係のふたりで出かける日なんだろ。行きますって先生に言ったのは雨沢だよな」

「言ったけど、でもあれは……」

「それとも、なんか用事でもある？」

「用事は……特にないんだけど……」

「だったらいいじゃん」

信号が青になり、里美くんはまた前を向いてしまった。何がいいのか私には全然分からないし、せめて行き先くらい教えてよ。

そう思っても、やっぱり里美くんの反応を気にしてしまう。ただただ里美くんの背中を睨むことしかできない自分が情けない。色さえ見えればうまくやれるのに……。

駅前の大通りに出ると、里美くんがやっと信号とは関係ないところで足を止めた。

「お腹空いたんだけど。昼飯、何食べたい？」

今は十一時半を過ぎたところだ。確かにお腹は空いたけど、一緒にお昼ご飯を食べるなんて、私はひと言も言ってない。

「えっと、なんでも……」

「じゃあここで」

私がなんて返事をするのか分かっていたかのように、里美くんは間髪入れずに目の前の店を指差した。

「調べたら、この定食屋が気になったから」

「調べたの？」

「そりゃあそうだろ。せっかく行くならちゃんと調べて美味しいもん食べたいし」

これまた意外。ランチする店を事前に調べるなんて、絶対にしなそうなイメージだったのに。

「なんか言いたそうだけど、定食屋じゃ嫌なのか？」

「いやいや、全然。定食好きだし」

面倒くさがりで愛想悪くて自分勝手で空気が読めないところはあるけど、実は案外マメなんだね、とはさすがに言えない。

ちょっと汚れたオレンジ色の暖簾（のれん）には【まるた亭（てい）】と書かれている。昔ながらの定食屋さんといったイメージの、どちらかというと年季が入った店構えだ。

カウンターが五席と、四人掛けのテーブルが三つの小さな店内で、私は里美くんに続いてカウンターに座った。まだ十二時前だからか、四人掛けのテーブルも空いていたけれど、これから来る客のためにカウンターの席を選んだのかもしれない。

一緒に美術館に行ってても自由行動をとるのに、こういう気遣いはできる人なんだ。

と思いながら、数ある美味しそうなメニューの中から私は和風ハンバーグ定食を、里美くんは生姜焼き定食を頼んだ。

厨房におじさんがひとりと、注文を取ってくれたおばさんがひとり。お店はそのふたりで営んでいるようなので、まるたさん夫婦なのかな?と思っていると、料理が運ばれてきた。

待っている間、特に会話はなかったのに「いただきます」の言葉だけ、ふたり同時にハモってしまったのがちょっと恥ずかしいと思いつつ、食べはじめた。

肉汁溢れるハンバーグと、刻んだ大葉が入った大根おろしとポン酢の相性がよすぎて、箸が止まらない。チラッと目線を上げると、里美くんも豪快に生姜焼き定食を食べていた。ふたりで感想を言い合うなんてことはないけれど、その食べっぷりから美味しさだけは伝わってくる。

先に食べ終わったのは里美くんだったので、待たせないように私も急いで食べ終えた。お金を払ってまるたさん夫婦に「ごちそうさまでした」と告げ、店を出る。

高校生になってから、一緒にご飯を食べている相手とひと言も会話を交わさなかったのは、里美くんが初めてだ。

一緒にいるんだから楽しく話さなきゃとか、盛り上げなきゃとか、相手にも私といることを楽しいと思ってもらいたいとか、そんなことを考えていつも相手の色を見ていた。だけど、里美くんが相手だとそうはならなかった。無言が続いても何か話さなきゃという焦燥感に駆られなかったのは、私のことを気にする様子が里美くんから微塵も感じられなかったからだ。

色が見えないから、というのも原因なのかは分からないけれど、何も考えず何も話さなくてもいいというのは、ちょっとだけ楽だなと思った。

「雨沢、買い物って好きか？」

「買い物？　うん、まぁ好きっていうか、嫌いじゃないけど」

「じゃー次」

「えっ!?　まだどこか行くの？」

「嫌ならやめるけど」

「えっと、別に嫌とかそこまでじゃ……」

「だったら行くぞ」

……でも、詳細を告げずに歩き出すような自分勝手なところは、やっぱりすごく疲れる。

今度は電車に乗るらしく、あたり前のように改札を抜けて駅の中に入った。私も鞄から慌ててパスを取り出し、あとを追う。

ていうか、なんで私まで行かなきゃいけないんだ？　嫌ってわけじゃないけど、やっぱり用事があるから帰るって言えばよかった。そう思いながらも言い出せない私は、結局そのままついていくことしかできない。

朝よりも人が増えたようだけれど、平日の通学時に比べたら断然空いている電車に乗り込み、学校とは反対の方向へ三駅戻ったところで降りた。その間、もちろん会話はない。

ここで降りるなら目的地はだいたい察しがつく。駅を出て次に向かったのは予想通りショッピングセンターだった。菜々子の買い物につき合う形で、学校帰りに何度か行ったことがある。

菜々子が嬉しそうなら同調して、悩んでいるようならアドバイスや助言をする。色が見えれば相手の気持ちを考えてあげられるし、気分を損ねることもない。でも実は、菜々子の買い物はちょっと長いから疲れるというのが本音だ。

キープすると言いながら気に入った店を何度も周回する買い物のしかたは、買う物をある程度決めてから行く私には理解できない。エスカレーターを何度も上がったり下がったり、正直『早く決めて』と言いたくなったことが何度もある。もちろん、言えないけれど。

ただ、里美くんは色が見えないという点で不安はあるけれど、まぁ男子だし、買い物なんてパッと済ませるだろう――という考えは、甘かった……。

三階ある建物の上から順に、書店、スポーツ用品店、雑貨屋、靴や鞄や服など、とにかくあちこちのお店を休みなく見て回ること一時間。途中「大丈夫か」と何度か聞かれたけれど、私は「大丈夫」としか言えず、他には特に楽しい会話もなかったため、体感では三時間以上歩いた気分だ。しかも歩き続けた結果、里美くんが購入したのは本一冊。

男が女の買い物につき合わされてぐったりというのはよく聞くけれど、その逆を経験することになるとは思わなかった。正直、菜々子の買い物よりも疲れた。

「疲れたなら疲れたって言えばいいじゃん。なんで言わねぇの?」

ショッピングセンターを出た時、ぐったりしている私に里美くんが言った。

気づいていたなら、そっちが気を使ってくれればよかったのに。と思ったけれど、不満を抱えながらも私は言葉を呑み込む。

「いや、別に疲れたってわけじゃないけど……」

「なんだよそれ」

怒ったのか不満なのか、それとも疑っているのか、一瞬、里美くんの表情が曇った気がした。里美くんの気持ちが分からない私は、黙って視線を足元に落とす。

「まぁいいや、次、行くぞ」

「まだ行くの!?」

パッと顔を上げ、今度は我慢できずに声を張り上げてしまった。

「最後にちょっと休憩」

そう言って、また勝手に歩き出した里美くん。

休憩という言葉は疲れ切った私には魅力的だけれど、行き先くらい言ってほしい。友達相手でも常にこんな感じなのだとしたら、それで嫌われないなんて不思議を通り越して、もはやずるい。

それとも、こんなに自分勝手に行動するのは相手が私だからなのだろうか。いや、でも里美くんとは係で一緒になって初めてまともに話をしたんだから、そんなことをされる理由はないし……。

里美くんの背中を追いながら考えていると、大通りから脇道に入り、一方通行の狭い道路に出た。小さなマンションや一軒家が並ぶ中、椅子に座った大きなクマのぬいぐるみが出迎えている可愛らしい雑貨屋さんに目を奪われた。

里美くんが止まったのは、その雑貨屋から数メートル進んだ先の、小さなカフェの前。ショッピングセンターから徒歩十分もかからないけれど、裏道なのであまり目立たない場所にある。

白を基調とした木目調の小さな店のオーニングには【喫茶　FLOWER（フラワー）】と書かれており、店の前には花屋だと言われてもおかしくないほど、色鮮やかな花や植物がいけど。

飾られている。

女子が好きそうだし、写真映えもしそうだ。私は写真を撮る習慣がないから撮らな

「里美くんて、こういう可愛いお店が好きなんだ？」

素朴な疑問をぶつけると、勢いよく振り返った里美くんの顔が、少しだけ赤らんで
いるように見えた。

「んなわけないだろ。俺の姉がたまにバイトしてんの。まぁ今日はいない日だから来
たんだけどな」

ばつが悪そうに首のうしろをかきながら、里美くんがお店のドアを開けた。同時に、
カランという控えめな鐘の音が鳴る。

こういう隠れ家的な喫茶店に入ったことはないから、ちょっと楽しみかも。

私が密かに心躍らせていると、

「いらっしゃいませ……って、蒼空じゃん」

「げっ!!」

明らかにテンションの違う高い声と低い声が、同時に響いた。

「なんでいるんだよ。やっぱ別のとこ行くぞ」

そう呟き、もう一度ドアに手をかけて外に出ようとした里美くんを、ひとりの女性

が立ちはだかって阻止した。

大きめのクリップで髪をうしろにまとめ、深緑色のエプロンをつけている。恐らく店員さんだと思うし、里美くんの言動からして、この人がお姉さんなのかもしれない。

「なんで私の顔見て逃げるのよ」

目元はなんとなく里美くんと似ている気がするけれど、そっくりかと言われればそうでもない。でも、小顔で目鼻立ちのきりっとした都会的な美人顔で、綺麗だということは間違いない。

お姉さんらしき店員さんはオレンジと黄色がたくさん見えるので、なんだか嬉しそうだ。

「つーか、そっちこそなんでいるんだよ」

「バイトの子が急遽休みになったから、その代わり。ていうか、あんたこそ土曜の昼間から何してんのよ」

「土曜の昼間に高校生が出かけるのは別に普通だろ」

「普通の高校生はね。でもあんたは人混みが嫌いだから、土日はだいたい家にいるじゃん。たいした用もないのにわざわざ混んでる場所に行く意味が分かんねぇ、とかなんとか言ってさ」

人混みが嫌いなのに、土曜日で混んでいるショッピングセンターに行った意味は？

しかも買ったのは本一冊。たいした用もないのに、わざわざ行ってるじゃん。何、私への嫌がらせ？

唇を結び、疑わしく細めた目を里美くんに向けようとした時、店員さん（多分お姉さん）の視線を感じた私は、わずかに表情を緩めた。

目を大きく見張った店員さんは、まじまじと私を見て口を開く。

「ちょっと待って、嘘でしょ……この子はもしかして蒼空の、かの――」

「違げぇよ！」

私が食い気味に全力で『違います』と言う前に、里美くんが即座に否定した。

「なんだ、そうなの？　珍しく女の子連れてくるから、期待しちゃったじゃん。まーいいわ。とりあえず、そんなところで突っ立って喋ってたら邪魔だから、さっさと座りなさい」

早口でそう告げた店員さんは、里美くんの背中を押して半ば無理やり中へと促した。

入り口の正面にカウンター席と、窓際にふたり掛けの席が四つある。客は誰もいないようだ。

「喋ってたのは俺じゃなくて莉子（りこ）だけどな」

ブツブツと愚痴をこぼしながらも、里美くんはカウンター内にいる男性にお辞儀をしてから、窓際の一番奥の席に座った。

莉子呼びってことは、お姉さんじゃないのかもしれない。なんだかよく分からないけれど、ここで帰るわけにもいかないので、私も里美くんの正面に腰を下ろす。

「さっきまで結構お客さんいたんだけどね、ちょうど誰もいなくなってひと息ついてたら、まさか蒼空が女の子連れてくるなんてビックリだわ」

お水をふたつテーブルに置いた莉子さんは、嬉しそうに「ふふっ」と微笑んだ。里美くんは不機嫌そうに片肘をついている。

「申し遅れました、私が蒼空の姉の里美莉子で、中にいるのがマスターで伯父の俊次さん」

私は慌ててピンと背筋を伸ばし、莉子さんとマスターにお辞儀をする。やっぱりお姉さんなんだ。

「は、初めまして。あの、里美くんのクラスメイトの雨沢花蓮です」

顎髭を少し生やしたマスターが私のほうを見て、微笑みながら小さく頭を下げた。莉子さんと同じように目鼻立ちがハッキリとしていて、白髪交じりのマスターはイケオジ感満載だ。

「花蓮ちゃん。可愛い名前ね」

「ありがとうございます」

ぼんやりとした笑みを唇に浮かべた私は、莉子さんから目を逸らし、目の前にある透明なグラスを両手で握った。

昔は、花蓮という名前が好きだった。だけど今は、華のない私なんかには似合わない気がして、呼ばれるたびに複雑な気持ちになる。

「何か飲む？」

「あ、はい。えっと」

莉子さんの声に反応した私は、沈みそうになった顔を起こして里美くんに目をやる。

「俺はアイスコーヒー」

里美くんがテーブルの上でメニュー表を滑らせ、私のほうに向けてくれた。

「えっと……じゃあ、アイスカフェオレで」

「アイスコーヒーとアイスカフェオレね。かしこまりました」

莉子さんが声を張ると、マスターが素早くグラスを用意した。カウンターの中に入った莉子さんも、マスターと何やら小声で話をしながら手伝っているようだ。

実際は分からないけれど、莉子さんはどちらかというと陽気で明るい人に見えるから、姉弟なのに性格は全然違うみたいだ。こうしてふたりで向かい合って座っているのに、相変わらず里美くんは窓の外を見ていて、会話する気がなさそうだし。

「うちの弟、愛想悪くてごめんね。今日はふたりでデート？」

四角いコースターと共に、注文した飲み物をテーブルに置いてから莉子さんが聞いてきた。

「いえ、まさか、違います。学校の係の一環で、美術館に行っただけで……」

本当は定食屋やショッピングセンターにも行ったけど、そうなると本格的にデートのように思えるから、あえて省略した。でも、愛想悪いという莉子さんの言葉には、正直思い切り頷きたくなった。

「美術館か。なんか蒼空の絵が選ばれたんだっけ？　私も見に行ってこようかな」

「別に展示が終われば戻ってくるんだから、わざわざ行く必要ないだろ」

無愛想に答えてため息をついた里美くん。確かに、家族であれば返ってきた絵をいつでも見ることができる。

でもあの絵は、私もまた見てみたいな。

そう思いながらカフェオレをひと口飲んだ。正直コーヒーの味の違いはよく分からないけれど、このカフェオレはなんだかコーヒーが濃いというか、でも嫌な濃さじゃなくてミルクの柔らかさもちゃんとあって、とにかく今まで飲んだカフェオレの中で断トツ美味しいと思った。

「美味しい」

そのひと言にすべての思いを込めて呟くと、莉子さんは「ありがとう」と言って微笑んでくれた。女神かと思うほど、美しい。さすが里美くんのお姉さんだ。

「花蓮ちゃんも蒼空の絵、見たんでしょ？　どうだった？」

カフェオレの味に浸っていた私は、焦ってストローから口を離す。

あの絵は素直に素敵だと思う。でも、本人を前にどう言えばいいのか……。

里美くんは聞いていないと言わんばかりに、片肘をついたまま窓の外にずっと目を向けたままだ。

「えっと、すごかったです。正直言って、飾ってあった絵の中で一番好きだなって思いました」

「ちょっと蒼空、聞いた？　好きだってさ」

「いえあの、絵がってことです。最初は里美くんの絵だって気づかなかったので、本当にそういう意味じゃなくて」

あたふたと両手を振ったけれど、その焦りが逆にはぐらかしているように見えるのではと、不安になった。でも莉子さんは「ごめんごめん、冗談よ」と笑ってくれたので、ほっと胸を撫で下ろす。

「でもさ、蒼空と一緒に出かけて疲れなかった？」

カウンター席に腰を下ろした莉子さんは、体をこちらに向けながら言った。

絵のことはいいけれど、その質問にかんしては正直な気持ちを口に出すわけにはいかない。心の中でなら、間髪入れずに『はいっ！』と言えるけど。

「えっと……いえ、全然。楽しかったです」

私が疲れたと正直に言えば、姉である莉子さんのまわりに見えるオレンジや黄色が、暗くなってしまうかもしれない。赤くなってしまう可能性だってある。莉子さんの機嫌を損ねないために、私は笑みを貼りつけてそう答えた。

だけど莉子さんは目を丸くし、長いまつ毛を二、三度上下させた。

「ほんとに？　いいんだよ、気を使わなくても。蒼空って自分勝手でしょ」

頷くことはできないので、ヘラヘラと笑いながら「いえ」と答えるしかない。

「私はもう慣れてるから、全然気にならないんだけど。花蓮ちゃんも、蒼空が失礼なことを言ったら遠慮なく文句言っちゃっていいんだからね」

「いえ、本当に大丈夫です」

空気を壊さないため、嫌われないために相手の気持ちを考えて話すことには慣れている。高校生になってからはずっとそうだから。

「俺は楽しくなかったけどな」

「――……え？」

ずっと黙っていた里美くんがぼそりと漏らした言葉に、私は耳を疑った。

今日は里美くんに散々振り回された挙句、楽しくなかったなんて言われても困るし、その発言はさすがに自分勝手だ。

それはこっちの台詞だと言わんばかりに、私は尖った視線を里美くんへ一瞬だけ放った。

「雨沢を見てると、なんかこっちまで疲れるんだよ」

だけど、私の睨みなんかではまったく動じない里美くんは、続けてためらうことなくハッキリとそう言った。

だったらなんで一緒に行くなんて言ったのか。それに、つまらないならすぐに解散すればよかったのに。

そう思うけど……。

「ごめん……」

悪いと思っていないのに、心配するような莉子さんの灰色を見たら、言葉が勝手に口から出てしまった。

その瞬間、なんだか重い石を抱えているかのように気持ちが沈む。それも、誰かに持たされたんじゃなくて、自分から抱えている重みだ。

まわりの人の色を見て発言するのはいつもと同じなのに、それで上手くいっていると思っていたのに、なんでこんなに胸が苦しくなるんだろう。

うつむいたまま、顔を上げることができない。

「ちょっと！　女の子になんてこと言うの！」

　すると、莉子さんが声高にそう言って、里美くんの背中を手のひらで叩いた。

「あんたみたいに面倒な男につき合ってくれたんだから、むしろお礼を言わなきゃ駄目じゃん！」

「なんでお礼なんだよ」

「あたり前でしょ！　ていうか、まず花蓮ちゃんに謝りなさい。ひどいことを言ったんだから」

　莉子さんが詰め寄ると、「うるせぇな」と小声でぼやきながらも、里美くんは莉子さんの勢いに圧倒されてたじたじになっている。

「ほらほら、さっさと謝れー」

「やめろよ」

　莉子さんが里美くんの背中をツンツンと突くと、体を横に向けて逃げている里美くんの表情が緩んで、ちょっとだけ笑ったように見えた。

　学校では決して見られない珍しい里美くんの姿に、硬くなっていた私の心が少しだけ和らぐ。

　この場を明るくしてくれているのは間違いなく莉子さんで、空気をよくしてくれているのも莉子さんだ。弟だから、莉子さんには里美くんの気持ちが分かるのだろうか。色が見えたら、私にも里美くんの気持ちがちゃんと理解できて、上手く返せたのかな。

「花蓮ちゃん、本当に失礼な弟でごめんね」

「いえ」

「蒼空は正直すぎるっていうか、相手のことを思うならもっと言い方ってものを学ばないとね。このままじゃ、彼女ができてもすぐ振られるのが目に見えてるわ。すでに何人も振られてたりして～」

「余計なお世話だ」

ムッとした里美くんは、片肘をついて再び窓の外に顔を向けた。でもなんだろう、全然不機嫌そうに見えない。

「まぁでも、よく言えば自分に嘘をつかないってことなんだけどね」

確かに、自分に嘘をつかず思ったことを言う里美くんにピッタリな言葉だ。だけどそれってやっぱり、空気が読めないってことになるんじゃないのかな。

「昔はさ、あ、私たちが姉弟になる前はね、今とは全然違って、人の顔色ばっかり見てる子だったんだけどね」

「――……え？」

今、さらりととんでもない言葉を聞いてしまった気がするけれど、気のせい？

「あれ？　何、話してないの？」

莉子さんが里美くんに確認すると、里美くんは「わざわざ言うことじゃねぇだろ」

と、外を見ながら答えた。

「まぁでも隠すことでもないよね。私と蒼空は、本当の姉弟じゃないの」

私は返す言葉がすぐに見つからなくて、黙りこくった。

莉子さんの色は明るくて、重い空気はまったく感じられない。つまり、本当の姉弟ではないという話は、莉子さんにとってつらいことでも悲しいことでもないということになる。

「そ、そうだったんですね。知りませんでした」

ちらりと里美くんの反応を見たけれど、表情に変化はない。

「私が十四歳の時に、母と蒼空のお父さんが再婚したんだけど、今じゃ考えられないくらい、当時の蒼空は気遣いの塊(かたまり)だったんだから。まだ十歳だったのに、まわりの顔色ばっかりうかがってさ」

「えっ⁉」

気遣いの塊だという里美くんの姿があまりにも想像できなくて、思わず驚いてしまった。

そんな私を見て、莉子さんは「信じられないでしょ？」と笑い、里美くんは「余計なこと言うなよ」と舌打ちをしたけれど、やっぱり怒っているようには見えない。

「でも本人の中で何かあったんだろうね、しばらくして今の蒼空ができあがったってわけ。まぁ、私たち家族にとっては昔も今も蒼空は蒼空なんだけどね」

気を使ってくれた蒼空も、言いたいことを言って自分に正直な蒼空も、どっちが間違っているということではない。ただ、蒼空が自分らしくいられればそれでいいのだと莉子さんは言った。素敵なお姉さんだ。

私も、家族の前でなら素の自分でいられる。だからこそ時々喧嘩になることもあるけれど、家族ならどんな私も受け入れてくれる気がするから。

でも学校は違う。私は、何もしなくても人気者でいられる里美くんとは違うから、みんなの感情を見てからじゃないと、怖くて何も言えない。

「こんな奴だけどさ、これでもいいところは結構あるんだよ。なんだかんだ文句言いながらも、言われたことは素直に受け入れるし、優しいところもあるから。とにかく花蓮ちゃんは、遠慮せずになんでも言いなね。もし蒼空がなんか意地悪なこと言ったら、すぐに私にチクっていいから」

里美くんが、気まずさを誤魔化すようにアイスコーヒーを口に運ぶ。

色の見えない里美くんに対して、遠慮せずになんでも言うのは無理だと思うけれど、私は「はい」と返事をした。莉子さんは、そんな私を見て嬉しそうに口角を上げる。

やっぱり自分のことよりも、相手を嫌な気持ちにさせないことこそが一番大事なんだ。クラスに必要な存在だと思われたいし、みんなと仲良くしたい。みんなに好かれたい。嫌われたくない……。

莉子さんとマスターにお礼を言ってお店を出た私たちは、駅に向かった。約十分間、ずっと無言で。

駅に着くと、里美くんはそこで立ち止まる。

「行かないの？」

パスを鞄から取り出した私は、振り返って改札を指差しながら聞いた。

「俺の家、この辺だから」

「えっ、もしかして私のことを駅まで送ってくれたってこと？」

「そうだけど。そんなに驚くことじゃないだろ」

じゅうぶん驚くことだ。私をわざわざ駅まで送ってくれたのだから。しかも時間はまだ十六時で、真っ暗なわけでもないのに。

「じゃー、また月曜な」

「あ、うん」

「今日は色々つき合ってくれてありがとう」

里美くんが突然そんなことを言うもんだから、私は瞬きを忘れ、ついあっけに取られてしまった。

その反応に納得がいかなかったのか、里美くんは不満そうに眉を寄せた。

「いや、だって、ありがとうとか言うんだなと思って……」

「あのなぁ、俺をなんだと思ってたんだよ。お礼くらい普通に言うし。今日一日、雨沢は俺に気を使ってばっかりで正直ジュース十本でも足りないくらいだけど、つき合わせたのは事実だからな」

「私は、別に……」

「まぁいいけど。じゃ、月曜な。遠いんだから気をつけろよ」

「うん。送ってくれてありがとう」

ぶっきらぼうにそう言って、私に背を向けてから軽く右手を振った里美くんは、来た道をまた戻っていった。

里美くんが昔は気遣いの塊だったなんて、やっぱり信じられない。だけど、決して気を使えないわけではないということは分かった。

お礼を言われる前と後では、ちょっとだけ里美くんに対する気持ちが変わったかもしれない。里美くんの言葉が本心かどうか判断できないから、苦手なことに変わりはないけれど。

「なんだよ」

第三章　砕けたオレンジ

「いくつか旗のデザインを考えてみました」

週が明けた月曜の帰りのホームルーム。これまでに考えた旗のデザインを、ひとまずクラスメイトに見てもらうことになった。それを提案したのは私でも里美くんでもなく、みんなに投票してもらえば早く決められるだろうと言った、担任の佐藤先生だ。

私が三枚、里美くんが一枚、デザインを描いた紙をタブレットで撮影し、それをクラスで共有した。

里美くんの絵は、最初に描いたあの龍だ。もちろんへんてこなほうではなく、めちゃくちゃ上手なほうの龍で。

私は最初に描いた火の鳥と、シンプルに習字で『一致団結』という文字を大きく書いたもの。それともう一枚は、美術館で見た里美くんの絵から着想を得たデザインだ。

木の幹を真ん中に描いて、そこにクラスメイト全員の手形を葉っぱに見立てて押すという絵で、私はこれが一番気に入っている。手形はそれぞれ好きな色の絵の具をつければカラフルで目立つと思うし、きっと面白い旗になるんじゃないかなと思うから。

「では、この中で一番いいと思ったデザインに投票してください」

教卓に立っている私が声をかけて、絵を一枚ずつタブレットのスライドで映すと、クラスメイトが個々にタブレットを開いて確認しはじめた。すると、すぐに教室内がざわつき、色も複雑に変化していく。

里美くんの龍のデザインから始まり、最後に手形のデザインを映したのだけれど、その瞬間……。

「えっ、何これ」

微かに聞こえた声に、心臓がドクンと嫌な音を鳴らす。

「ダサッ」

続けてハッキリとそう聞こえた私は、咄嗟に画像を消した。

「あ、えっと、今のは間違って出しちゃったので、気にしないでください。三つのデザインからひとつ投票をお願いします」

胸の痛みを感じながら、私は誤魔化すようにヘラヘラと笑った。

昨日の夜、クラスのみんなが手形を押す様子を思い浮かべながら、私はこのデザインを考えた。絵の具をつけた両手をわざと里美くんに近づけて遊ぶ矢野くんとか、千穂と菜々子と私でお弁当箱と同じ色の手形を押したり。みんな笑ったりふざけたりしながら、きっと楽しんでくれる。里美くんの絵にあった花のように、きっとカラフルで鮮やかな旗になる。だから描き上げた時には、このデザインにしたいって心から思ったんだ。

だけど……もう言えない。もう、あの絵は見せられない。

誰が言ったかなんて分からないけれど、私の考えたものなんて、そもそもいいわけないんだから、なかったことにしよう……。

「いいのかよ」

隣に立っている里美くんに小声で聞かれた私は、笑顔を貼りつけたまま頷く。里美くんの、何か言いたげな視線から逃げるように顔を上げた。

全員の投票が終わると、里美くんがタブレットを操作して結果を確認した。そして、教室内に見える様々な色の中で、不満げな色だけがいつもより濃く映る。

「割れたな」と呟く。

ちらりと画面を覗くと、大きな差がつくことなくほぼ同じくらいの票数になってしまった。

「えっと……」

「一致団結のデザインが一番多かったけど断トツってわけじゃないし、うまい具合に票が割れたな」

これで決められると思ったのだけれど、思わぬ結果に言葉を詰まらせた私の横で、見たままの結果を里美くんがストレートに伝えた。

「ちなみに俺はその文字だけのやつにしたぞ。なんか今の三つだとどれも微妙だったし、蒼空が絵描くの得意なのは知ってたけど、うますぎて逆に引いたわ」

「うますぎてなんで引くんだよ」

矢野くんと里美くんのやり取りに、笑いが起こった。矢野くんは楽しそうに明るい色を放ちながらケラケラ笑っている。

「で、結局どうなんの？」

矢野くんの質問に反応したみんなが、視線を前に向けた。

「今回の投票では決まらなかったので、改めてデザインを考えます。それでもいいですか？」

教室を見回しながら言った。色はバラバラだし、旗なんてどうでもいいと言わんばかりに聞いていない人もいるけれど、千穂や菜々子も含めてほとんどのクラスメイトは頷いてくれた。

「あんまり時間ないけど、まだ決めなくて大丈夫か？」

「はい。大丈夫です」

佐藤先生が心配する気持ちも分かるけれど、そうするしかない。

「じゃあしっかり頼むぞ。みんなも文句は言わず旗のことはふたりに任せて、完成を楽しみにしてよう」

自分が考えるわけでも残って作業をするわけでもないからか、大半の生徒が先生の言葉に「はい」と適当に頷いているように見える。その中で、千穂と菜々子は少し心配そうに私に視線を送ってくれていた。

「雨沢が自分で決めたなら、俺は別になんでもいい。まぁ、また新しいデザイン考えなきゃいけないけどな」

里美くんは私と目を合わせず、なぜか少しだけ不機嫌そうにタブレットを閉じた。

次こそは、みんなが喜んでくれるデザインを考えなきゃ。

そう思いながらも、消してしまったあのデザインが、頭の片隅にずっと残っていた。

＊

「で、どうすんだよ」

放課後、美術室で向かい合って座った瞬間、開口一番に里美くんが言った。

新しいデザインを考える、なんて言ってしまったものだから、授業中もずっとそのことばかりを考えていた。ノートの隅に思いついた絵を描いたりもしたけれど、正直どれもピンときていない。

順調に進行している他のクラスの様子をできるだけ見ないように、私は里美くんと目を合わせる。

「ちゃんと考えるよ。でも絵にかんしては里美くんのほうが才能あるよね」

声色は冷静を装っているけど、本当はめちゃくちゃ焦っていた。だって、どのクラスも旗になる布を机に広げて下描きをはじめているし、色塗りに入っているクラスだってある。そんな中、いまだにシャーペンを握って頭を抱えているのは、私と里美くんだけだ。今日中になんとかデザインを決めないと。

「何かアイデアない？」

私が問いかけると、里美くんは大きなため息をついた。その吐き出した息だけで、これから遠慮のない本音が飛んでくるなと分かるので、自然と身構える。

「あのさぁ、係を決める時に雨沢は確か、ひとりでもいいとか言ってなかった？　あの時もし本当にひとりでやることになってたら、この状況どうしてたわけ？」

思いがけない言葉に口を閉じた私は、カラフルな絵の具がついた机に一度視線を落とす。

「私ひとりだったら……それはそれで、頑張って考えたと思う」

それに、ひとりだったら余計なことで悩まずに済んだかもしれない。何を考えているのか分からない里美くんに変な気を使うこともなく、旗のことだけを考えられたと思うし。

「あっそ。まぁいいけど」

全然納得いっていないような顔つきのまま、里美くんは鞄から取り出した紙を私のほうに差し出した。

説明不足のまま渡された紙を見て、すぐにその意味が分かった私は、顔を上げる。

「いつ考えたの？」

「授業中」

里美くんが見せてくれた紙には、龍の他にいくつかの動物の絵や、体育祭らしい文言が並んでいた。

「すごい。やっぱり里美くんて絵が得意なんだね」

ついでに字も上手で、なんだかんだ文句を言いながらもちゃんと考えてくれていたことに驚く。

「そういうのいいから、さっさと決めるぞ」

里美くんが描いた絵や文字をひとつずつハサミで切り取り、それを組み合わせたりしながら旗のデザインを考えた。

「イルカがジャンプしてる感じも可愛くていいなぁ。でも力強い文字と可愛い絵じゃ合わないかな。里美くんはどれがいい？」

あれこれ悩みながら、いくつかのパターンを見せた。

「これでいいじゃん」

里美くんが虎の絵を指差す。確かに私もこれはかっこいいと思ったけど……。

「うーん。男子はきっとかっこいい系が好きだからこれでもいいと思うけど、女子は可愛いほうがいいって言いそうだよね……。みんな気に入るかな？　もめないために、またみんなに見せて決めてもらったほうがいいような……」

意見を求めようと顔を上げると、里美くんは眉をひそめ、仏頂面で射るような視線を私に向けている。色が見えなくても、不機嫌なのは明白だ。

なんでそんな顔をするのかと私が問いただす前に、里美くんがため息と同時に口を開いた。

「あのさぁ、クラス旗係はみんなじゃなくて、俺と雨沢なんだけど」

「うん、分かってるけど」

「だったら、なんでみんなのことばっか気にしてんだよ」

「……え？」

「みんなはどう思うだろう、みんな気に入るかな、みんなにいいって言ってもらえるように。だ、だって、みんながみんながって、雨沢は自分の意見ないわけ？」

「だ、だって、みんなのためを思って考えるのが係の仕事でしょ？」

里美くんはクラスのことなんて少しも考えていなくて、いつも自分が思ったことだけを言う人だから分からないんだ。きっと、誰かに嫌われたり、ひとりになったことがないから。

「私は……私の意見なんていいんだよ」

里美くんは苛立ちを抑えるように息を吐き、首を横に振った。

きっと、里美くんには私の気持ちは一生理解できない。私たちは、正反対だから。

「それ、本気で言ってんの？　今日の投票の時から思ってたけど、本当は描きたいデザインがあるんじゃねーの？」

思わぬ疑問を投げかけられ、私は一瞬言葉を失った。何も言ってないし、あの絵はすぐに消した。それなのに……。

なんで分かるの——。

「それは……」

「みんながみんながじゃなくて、雨沢の本当の気持ちを俺は知りたいんだけど」

「本当の気持ちって、私は別に……」

「自分では気づいてないみたいだから言うけど、分かりやすいんだよ雨沢は。変な笑顔で誤魔化したって俺には分かるんだから、言ってみろよ。どうせ今は俺しか聞いてないんだし」

私みたいに色が見えるわけでもなくて、空気だって全然読まないくせに、なんでそういうのは気づくのよ。

膝の上にのせた拳をグッと握りながら、正面にいる里美くんを見つめた。

「私は……本当は、手形のデザインが……一番気に入ってる」

そして、消去したはずの本音を、ぽつりと漏らす。

「だったらなんであの時、間違えたとか言って消したんだよ」

「それは、その……あんまり反応よくなかったし」

「んなのどのデザインも不満に思う奴はひとりくらいいるだろ。全員の意見がまとまるなんてことはないんだから。雨沢があのデザインをどういう意図で考えたのか、ちゃんと説明すればクラスの奴らにも伝わったかもしんないだろ」

「そうかもしれないけど、でも、もういいよ。どうせあれは駄目だろうし」

暗い色を目の当たりにしながら自分の意見を言うなんて、そんなことできるはずない。

「言ってみなきゃ分かんないじゃん」

「もういいんだって。気に入ってたけど、やっぱよく考えたら変かなって思うし」

「だったら、なんでそんな苦しそうな顔してんだよ。つーか今だけじゃなくて、同じクラスになってからずっと、俺は雨沢が本音で話してるところも、本気で笑ってる顔も見たことないけど」

「……え？」

入学してから今まで、みんなの色を見ずに自分の気持ちを言ったことが、何回あっただろうか。多分、ほとんどないと思う。

でもそれは言わないんじゃなくて、言えないだけなんだ。

「私は里美くんとは違うんだよ。この前だって、里美くんの自分勝手な行動に散々振り回されたし」

これ以上本当のことを指摘されたら泣いてしまいそうだから、私はそう言ってわざと里美くんを睨んだ。

「この前？　あぁ、美術館のことか」

「そうだよ。一緒に行くって言ったのは里美くんなのに、美術館ではひとりで勝手に進んじゃうし。しかも、そのあとのご飯とか買い物とかも勝手に決めて勝手に連れ回して」

「俺はちゃんと聞いただろ。何食べたいか、嫌なのかどうかも」

「……それは、確かにそうだけど、でも」

「つーかさ、そんなに自分勝手だと思ったなら、その時に言えばよかっただろ」

色が見えていたら、私だってそうしていた。相手の機嫌が悪くなくて、別に気にしてないようなら私はちゃんと『帰る』って言えたと思う。でも里美くんは見えないから、気持ちが分からないから下手なことが言えなかったんだ。

「言いたいこと言わないで、それで雨沢は苦しくならないのかよ」

里美くんの表情から苛立ちは消えていて、代わりに哀れむような瞳が私を捉えた。

まるで、里美くんのほうが傷ついているみたいな顔だ。

「だって、言ったら悪いかなって思うじゃん」

「嫌々つき合ってるほうが相手に悪いと俺は思うけど」

「私はただ、相手の気持ちを考えてるだけで……」

「相手の気持ちって、雨沢に俺の気持ちが分かんの？　人の心の中なんて分かるわけないじゃん」

「それは……」

中学の頃、相手の気持ちがちっとも分かっていなかった私は、空気が読めなくて傷ついた。だから、分かるようになりたいって思った。

色が見えるようになってその願いが叶えられて、私は自分の気持ちを押し殺すようになったけど、今まではそれでよかったし、それが正しいんだと思っていた。

それなのに、里美くんと話すたびに自分の気持ちがぐらついてしまう。

「俺に対して疑問に思うことがあるなら、雨沢はそれを言えばいいだろ。相手の気持ちが分かんないからこそ、言葉にしなきゃ何も伝わらないわけだし」

「私は……いいの。里美くん以外のみんなの気持ちは分かってるから。だからこのままでいい」

「俺以外って、なんだよそれ」

「とにかく、みんながみんな里美くんみたいに言いたいことをなんでも言えるわけじゃないんだよ！」

絶対に泣かない。泣きたくない。唇を強く噛んで、眉間に力を込めた。

沈黙の時間が三十分にも一時間にも思えたけれど、おもむろに顔を上げて美術室の時計を確認すると、実際は数分しか経っていなかった。

「なぁ」

沈黙を破り、里美くんが低い声を発した。

「雨沢って、俺のこと嫌いでしょ」

「うん。大嫌い」

間髪入れずにそう言ってしまったあとでハッと現実に引き戻された私は、両手で自分の口を塞いだ。

嫌いだと思うのは多分、思ったことをなんでもハッキリ言う空気の読めない里美くんが、昔の自分に似ているからだ。

でも、どうしよう……。一ミリも悩むことなく『大嫌い』なんて言ってしまった。こんなこと言うつもりはなかったのに。

最低だ、いくら苦手な相手でも、嫌いなんて言ったら傷つくに決まっている。怒るに決まっている。

「ご、ごめん……。あの、私……」

「言えんじゃん」

「……え？」

「本音。思ってること、ちゃんと俺に言ったじゃん」

不安という闇に包まれそうだった視界が急に開け、驚くほど眩しい光が差した。

私の恐れとは裏腹に、里美くんがなぜか笑ったからだ。

整った目を細め、唇の端を軽く上げ、蒼天の幻影が見えてきそうなほど爽やかな笑みを浮かべた。私は初めてそこに、里美くんの優しさを見たような気がした。

怒って帰ってしまってても文句は言えないくらい、ストレートに嫌いと言ってしまったのに。

「あ、あの……どうして笑うの？」

またもや本音をぶつてしまったけれど、今度は純粋な疑問だった。

「さぁ、なんでだろうな。少しも考えたり悩むことなく大嫌いって言った雨沢が、面白かったのかも」

「面白いって、だって嫌いって言われたら普通は嫌でしょ？　傷つくでしょ？」

「別に。だって俺は雨沢を怒らせようとしてたんだから。どっちかというと、やっと怒ってくれたって感じかな」

「……──え？」

一瞬、耳を疑った。質問を間違えたのか、それとも里美くんの答えが間違っているのか、ちょっとよく分からない。

「あの、怒らせようとしたって、どういう意味？」

「意味も何も、そのままだけど。雨沢が俺に気を使ってばっかでなんかムカついたから、どうにか怒らせて感情むき出しにしてやろうって思っただけ」

「待って……ってことはつまり、美術館に行った日に自分勝手な行動をしたのって、わざとなの？」

「あーまぁ、俺はもともとそういう性格だから、わざとかと言われたら違うけど。でも、楽しくなかったって言ったのと、なんも買いたいものなかったのに長々とショッピングセンターを歩かせたのはわざとかな。俺、本当は買い物めっちゃ早いし」

里美くんは両手を頭のうしろで組み、まったく悪びれる様子もなく鼻歌を歌っている。なんか聞いたことがあるような曲だけど思い出せなくて、それがまた腹立たしさを助長した。

「あの日、私すごい疲れたんですけど。次の日なんて筋肉痛になって階段つらかったし。ほんと里美くんて自分勝手」

「それはただの運動不足だろ」

少し前に戻って『優しさを見た』なんて思ってしまった自分をビンタして、目を覚まさせたくなる。

「まさかとは思うけど、最初のほうにクラス旗のデザインを真剣に考えてくれなかったのは？」

「わざとだな」

いや、そんなあたり前みたいに堂々と言われても困るんだけど。

「何それ！　なんでそんなことするわけ？」

「だから言ったじゃん。俺の顔色ばっか見てるし、他の奴らにも変に気を使って自分の気持ちを言わないのがムカついたから、怒らせようと思ったの」

「なんのためにそんなことしたわけ？」

「本当の雨沢を見てみたかったからだよ」

片肘をつき、美術室の壁に貼ってある生徒の作品を見上げながら里美くんが言った。

その表情はとても柔らかくて、どこか遠くにある何かを懐かしむような目をしている。

「……里美くんの言ってることが、よく分かりません」

「つまり、これからはそのままの雨沢でいいってこと。俺のこと大嫌いって言っちゃったんだから、もう気を使う必要なんてないだろ」

確かに。自分勝手だということはもう伝えたし、大嫌いを上回るストレートな言葉は今のところ思いつかない。

「なんで雨沢がまわりばっかり気にするのか知らないけど、俺は雨沢がわがままでも性格悪くても別に気にしない。そう思ったとしたら、俺はただ『性格悪いな』ってハッキリ伝えるだけだしな」

「私、自分のこと性格悪いとは思ってないんだけど。それにわがままを言うつもりもないし」

「例えばの話だよ。だから、俺の顔色は見るな。なんなら顔色うかがえないように、旗制作の時だけ仮面でもつけるか」

「つけなくていい」

言われなくても里美くんは色が見えないから大丈夫。

「まー、今は大嫌いでも、いずれ好きになることだってあるからな」

「は？　それはない！」

さっきよりももっと早く、里美くんの言葉にかぶせるようにして否定した。

「なんでだよ。俺たち結構似てるところもあると思うけど」

「ないない、全然違うよ！　蒼い空と雨じゃ正反対だし、どう考えたって違うでしょ」

自分が発した言葉で、莉子さんが昔の里美くんについて『今とは全然違って』と言っていたことを思い出した。

「あのさぁ、そういえば莉子さんが言ってたことって本当なの？　昔はまわりの人の顔色ばかりうかがってたとか、気遣いの塊だったたってやつ」

莉子さんが嘘をつくとは思えないけれど、今の里美くんを見ていたら、正直ちょっと信じられない。

「あぁ……あれか。莉子の奴が余計なこと言うから」

頭をかきながらブツブツと文句を垂れ、決まりが悪そうに視線を下げた。

「子供の頃は確かに、そういう時もあったかもな」

「じゃあ、途中で変わったってことだよね？　急に今みたいになったの？　変わった時、学校ではどうだった？」

「なんだよその質問攻め」

「だって気になるじゃん。せっかく気遣いの塊だなんて褒められてたのに、そんなふうに急に変わったら、友達に嫌われたりしないのかなって」

「さぁ、それは分かんねぇけど、俺にとって〝気遣いの塊〟は褒め言葉じゃなかったんだろうな。それに俺の場合は変わったというより、前に進んだって言ったほうが正しいかも」

「前に？」

「まぁなんていうか……つーか、こんなことしてる場合じゃないだろ。さっさと旗進めるぞ」

里美くんは私から目を逸らし、絵が描かれているたくさんの紙を集めはじめた。

「あー、誤魔化した！」

「うるせーな。ほら時間ないんだから、〝みんなのため〟に頑張るんだろ?」

皮肉とも取れる里美くんの言葉にムッと唇を尖らせたけど、時間がないというのは事実なので、これ以上は手を止めていられない。

絵の具を出して着色をはじめている他のクラスを横目に、私は里美くんが描いた絵をまじまじと見つめた。

「私はやっぱり、これが気になるなぁ」

一番好きだなと思うのは、イルカの絵だ。可愛い中にも力強さがあるし、背景に水しぶきとかを足せば躍動感も出る気がする。まぁ私は描けないから、そこは里美くん頼りになるけれど。

「俺はぶっちゃけなんでもいい」

「何それ、里美くんだって自分の意見言ってないじゃん」

「俺はなんでもいいっていうのが俺の意見だから」

「……ずるい」

どれにすればいいのかと頭を抱えた私の脳裏に、美術館で見た里美くんの絵が浮かんだ。やっぱり、あの絵に描かれていた色とりどりの花が好きで、頭から離れない。

「ねぇ、ちょっと聞きたいんだけど」

「さっきから結構聞かれてるけどな」

「美術館にあった絵のことなんだけど、あれはどこかの風景を描いたの？」

里美くんの突っ込みを無視して質問を投げかけた。

「そうだけど」

「じゃあさ、空に薄く花が描かれていたのはどうして？」

現実にある風景の中で、空に浮かぶ花だけが疑問だった。もちろんとても綺麗なことに変わりはないのだけれど、なんというか、そこだけがファンタジーに見えて不思議だなと思ったから。

「雨沢はさ、空に花は咲くと思う？」

「え？　いや、無理でしょ」

「なんで無理だって決めつけるんだよ」

「いやいや、花は地面に咲くのがあたり前で、それが普通でしょ？　花束を天井からぶら下げて飾るとかならあるけど、それは〝咲く〟っていうのとは違うし」

すると、里美くんがフッと唇を綻(ほころ)ばせて笑った。

「雨沢は夢がないなー」

「うるさいな。現実主義なだけだよ」

なんて自分で言いながらも、現実的にありえないことが私の身に起きているのだから、なんとも言えない気持ちになる。

「じゃあさ、もし空に花が咲いたら、俺とつき合う？」

「……──は？」

「だから、もし空に……」

「いや待って、二回繰り返さなくていいから！」

ビシッと右手を突き出して、続く言葉を阻止した。さっきよりも里美くんの声が大きくて、周囲の生徒の視線がこちらに向いていたからだ。

危うく里美くんの空気が読めない発言を、またまわりに聞かせてしまうところだった。

「からかわれるのは不愉快だけど、でもそんなことはあり得ないからね」

空に花が咲くことはないから、里美くんとつき合うなんてあり得ないことも絶対に起こらない。

動揺を悟られまいと、すました顔をしながら紙に意味もなく『勝利』と書こうとしたのだけれど、シャーペンが逆さまだったことに気づき、そっと机の上に置いた。

「そろそろ時間だから片付けてね」

美術の先生の声が救いに聞こえた。わけの分からない緊張感から解放された私は、一刻も早く里美くんのそばを離れたいと、片付けのスピードをあげる。

「なんか急いでんの？」

「うん。今日もほら、千穂と帰るから」

千穂と帰る約束をしていてよかったと、心底思った。もしバスケ部の練習がなかったら、里美くんと一緒に帰ることになっていたかもしれない。ただからかわれただけだって分かっているけど、そんなの気まずすぎる。

「じゃ、じゃあ私は行くから」

「その前にちょっと待って」

すべての片付けを終えて鞄を持ち上げた私を、里美くんが呼び止めた。

顔を見たら動揺がバレてしまいそうで、私はうつむいたまま振り返る。

「メッセージ、交換」

里美くんが、すごく短い言葉と共にスマホを突き出してきた。お互いのアカウントを交換してメッセージのやり取りをしようってこと？

「締め切りまでもう時間ないし、お互い家にいる時にいいアイデアが浮かんだら、これでやり取りしたほうがスムーズだろ」

「あ、なるほど。うん、そうだね、それもそうだ。スムーズな進行のためにはそのほうがいいかもね」

あくまでクラス旗係として必要だから交換する。そういう意図が周囲の生徒に伝わるように、私は少し大きな声でそう答えてからスマホを出した。

互いのアカウントを登録してから、私は足早に美術室を去る。

バスケ部の音を背に、体育館の壁に寄りかかった私は、スーッと息を吸ってから右手を胸に当てた。

相手が里美くんだとすごく心が乱されて疲れるけれど、相手の反応を気にせず正直に自分の言葉をぶつけたら、なんだかすごく心の中がスッキリしているのも事実だ。

いつもどこかちょっとだけ濁っていた空気が、新鮮なものに入れ替わったような清々しさを感じた。

里美くんは自分勝手で空気が読めなくて、何がしたいのか、なんであんなことを言ったのかも分からない。きっとただの冷やかしで、私の反応を見て楽しんでいただけなのだろう。そう考えたら、今になって腹立たしさがこみ上げてきた。

もっと文句を言ってやればよかったかも。

でも、里美くんは理由もなく人をからかったり冷やかしたりするのかな?

そういう人じゃない気がするけれど、だとしたらあの発言は……。

うしろの壁に頭をコツンと当てて、暗くなった空を見上げた。

やめよう。そんなことを考えたら、またふわふわした謎の感情が湧き上がってしまうから。

考えたって無駄だ。蒼空と雨は正反対だし、空に花が咲くことも絶対にない。私たちは、違いすぎるから……――。

＊

秋っていつからだっけ？　最近は毎日そんなことを思っている気がする。

九月も下旬になればさすがに涼しくなると思っていたのに、今日はなんと最高気温三十度を超える予報だった。そして五時間目の今が、多分その最高気温に到達していると思う。

膝を抱えながら恨めしそうに青い空を見上げると、芝生を焼くような強い陽光が、校庭一面に降り注いでいる。

「なんなの？　まじで、今って九月だよね？　ていうか来週には十月だよ？　こんなに暑いのあり得なくない？」

私の横に座っている菜々子が、なぜかすべて疑問形で愚痴をこぼした。水筒のお茶をぐびぐびと飲むと、菜々子の頭にのっていたタオルがするりと滑り落ちる。

「確かに暑いよね。今年の夏は今までよりヤバかったし」

千穂がその落ちたタオルを拾いながらそう言い、菜々子の頭に戻す。

「そもそも体育祭に練習なんている？　ルールだけ把握してさ、あとはぶっつけ本番のほうが面白いじゃん」

菜々子の運動嫌いはとにかく本物で、常に不満たらたらだ。暑い日は特にそれが倍増するけれど、正直今日は他のクラスメイトにもあまりやる気が見られない。

「また菜々子はそうやって楽しようとするんだから」

「楽しようとしてるわけじゃないもん。あたしはそのほうが絶対盛り上がると思ってるだけだよ。だって練習しちゃったらさ、だいたい何組が勝ちそうか分かっちゃうじゃん。対策も練られちゃうかもしれないし」

「それは菜々子がやりたくないだけのただの言い訳でしょ。練習がよくたって本番勝てるかは分からないし、スポーツってのは練習するからこそ本番で力が発揮できるんだから」

「でた～、千穂のスポーツ論」

ふたりから不満の色が溢れている。互いに対する鬱憤というよりも、暑さや練習がうまくいかないことなど、様々な理由が重なってフラストレーションが溜まっているのかもしれない。

決して仲が悪いわけではなくて、むしろ言いたいことをなんでも言えるいい関係なのだけど、ふたりがもめるとヒヤヒヤする。今はよくても、これがエスカレートして喧嘩になってしまうかもしれないから。喧嘩でおさまるならまだいいけど、どちらかがどちらかを嫌いになったりしたら絶対に嫌だ。

でも、毎回この言い合いを止めなきゃならないのは、正直ちょっとだけしんどい。

水筒に入った冷たい麦茶をひと口飲んでから、私は口を開いた。

「確かに、全然練習しないでぶっつけ本番も逆に面白そうかも」

「でしょ？　何が起こるか分かんないスリリングな感じも体験できるし」

「だけどこのクラスでの体育祭は一回だけだし、私はやっぱりやるなら勝ちたいな〜。練習は疲れるけど今だけだし、勝って三人でファミレスでお祝いしようよ！」

拳を握りしめて気合いを見せながら私が立ち上がると、そんな私を見上げてふたりが笑った。

「そうだよね。負けるのは悔しいし、ファミレスでお祝いならあたしもした〜い」

菜々子は運動嫌いだけど、クラスのみんなと頑張ること自体は嫌いじゃないと思う。

「じゃー優勝して祝杯だね」

そう言って、千穂が菜々子の肩に手を回す。

疲れはあるから楽しんでいる色ではないものの、ふたりに安心の緑色が見えた。

けれどほっとしたのも束の間、周囲を見回すと、他のクラスメイトの色が随分とどんよりしていた。唯一、矢野くんだけがずっと明るいオレンジ色でブレていないけど。

「花蓮、どうかした?」

「ううん、別になんでもないよ」

千穂に向かってヘラヘラと笑って答えたあと、もう一度みんなの様子をうかがった。ちらほら笑顔も見られるから、一見するとみんな楽しんでいるようにも思えるけれど、私にはそうじゃないということが目に見えて分かる。

「次、リレーやるぞ。さっきやったバトンの受け渡しに注意しろよ」

佐藤先生の言葉に、休憩していたみんなが重い腰を上げた。暑さや疲れなどが重なってクラスの空気は暗くて重いけど、今はとりあえず走らなきゃ。

足の遅い生徒の分を速い生徒がカバーできるようにと、走順は決めてある。私は前半の六番目で、菜々子は二番目、千穂は三番目だ。そしてアンカーは里美くん。途中の順番は結構もめたけど、アンカーだけは最初にすんなりと決まった。

『里美くんは華があるし』と陽菜香が言っていたが、さすがに華があるという理由だけでアンカーになったのではなく、当然クラスで一番足が速いからだ。

列の一番うしろであくびをしている里美くんが目に入った。私は毎回自分の順番がくるまでドキドキして待っているのに、なんだか余裕すぎてちょっとイラッとする。

そうこうしているうちにリレーの練習がはじまり、私と菜々子も自分なりに全力で走り切った。「もう駄目、もう二度と走りたくない」と言いながら芝生に寝転んでいる菜々子をなだめながら、全員が走り終わるのを待つ。

リレーの練習は今日で三回目だからか、バトンの受け渡しは最初よりも随分とスムーズになった気がする。

「前回よりだいぶタイムがよくなったな」

佐藤先生が言うには、今日のリレーのタイムは他のクラスよりも断トツでいいらしい。そう言われると菜々子も嬉しいのか、生き返ったように体を起こした。

大縄は女子がかなり上手で回数を飛べているし、このままいけば優勝できる可能性も本当にあるかもしれない。

何もできていないクラス旗のことが頭の片隅にありつつ、一致団結して頑張るのはやっぱりいいなと思った矢先。

「速かったのって、やっぱ渡辺(わたなべ)が休んだからじゃね？」

ひとりの男子がそんなことを言い出した。つられるように、まわりにいた一部の男子と女子もクスクスと笑う。先生は少し離れた場所で、数人の生徒と大縄の準備をしている。

渡辺さんはクラスの中で一番タイムが遅い女子なのだけど、今日は欠席している。だからタイムがよくなったと言いたいのだろう。実際そうなのかもしれないし、私や菜々子が休んだとしてもタイムはよくなるかもしれない。

だけど、わざわざ言うこと？　冗談だとしてもたちが悪いし、本人がいないからって言っていいことでもない。まわりで笑っている人たちも同じだ。

もし渡辺さんがこのことを知ってしまったら絶対に傷つく。私だったら常に陰で悪口を言われているような気になって、学校に行くのが怖くなるかもしれない。というか、実際そうだった……。

「本番も休んでくんねぇかな」

アハハと笑う声を聞いているだけで、お腹の底のほうからじんじんと怒りがこみ上げてきた。悪気がなさそうなので余計に厄介だし、ムカつく。

随分と楽しそうな色をしているけれど、私には何が面白いのかさっぱり分からない。隣を見ると、菜々子も千穂も明らかに怒っていた。特に、菜々子からこんなにも濃い赤い色が見えるのは珍しい。

他にも男子の発言に怒りや不快感を覚えているクラスメイトは数人いて、渡辺さんと仲のいい子たちはみんな悲しそうに青い色を浮かべている。

バトンが上手くいって盛り上がっていたはずなのに、うだるような暑さも重なってか、正直クラスの空気は相当悪い。

そんなこと言うなんてひどいとハッキリ言いたいけれど、クラスメイト全員の前でこの男子を責めたら、もしかするともっと空気が悪くなってしまうかもしれない。本当は大声で怒ってやりたいけど……。

みんなが嫌な気持ちにならずにこの場をまとめるには、問題の男子に言うべき言葉は……。

と、必死に考えていた私の横を、里美くんが風のように通り過ぎる。

「じゃあ、俺も当日休もうかな」

そんなことを突然言い出して、私を含めて全員が目を丸くした。

「は？　何言ってんだよ、蒼空が休んだら終わりじゃん」

渡辺さんを見下すような冗談を言っていた男子が、慌てはじめた。

「だって俺、実は大縄苦手だから。苦手だと休んだほうがいいんだろ？」

決して怒っているわけではなく、どちらかというと軽い口調で、いつも通りの里美くんの声だ。

「いや、そういうわけじゃ……」

言われた男子はどう返したらいいのか分からず混乱しているのか、見える色が滅茶苦茶だ。まわりにいるみんなも同じで、笑っていいのか分からず戸惑っている。

「つーか、リレーで誰が遅かろうが、ぶっちゃけどうでもよくね？　だって、どうせ最後には俺が全員抜かすし」

里美くんは真顔だ。これは空気の読めない里美くんが、やたらと自信過剰な発言をしているようにも取れるけど、それとはちょっと違う気がする。

多分だけど、休んでいる渡辺さんのことを庇った言葉なのだと思う。その証拠に、渡辺さんと仲のいい女子たちに見えていた悲しげな青が、一気に薄くなったから。

そういう私も、なんだか胸の中がスッと軽くなって、怒りとは別の熱い感情がこみ上げてきた。菜々子からも赤が消えている。

「あ、うん……だ、だよな。蒼空がいれば楽勝か」

ちょっとだけ気まずそうだけれど、里美くんに言われた男子も怒ったり嫌な気持ちになったりせず、頭をかきながら笑った。

里美くんの本心は分からない。でも、何も考えていないようで実はちゃんとまわりを見ているというのは、本当なのかもしれない。

私がみんなの色を見て何を言おうか考えている間に、里美くんが簡単にクラスの空気を変えてしまったのだから、正直ちょっと複雑だけれど。

里美くんは流されて一緒に笑ったりはしないし、自分の言葉を正直に相手に伝えて、それでいて相手からどう思われようが気にしない。なんでそんなことができるのか私には不思議でしかたがないけど、同時に悔しくもある。

集団生活の中では空気を読むことが何より大事なはず。そう信じてきたのに、里美くんを見ていたら、色が見えることの意味が分からなくなってきてしまう。

だけど私の目は黙っていてもみんなの気持ちを映し出してしまうから、それに従うしかない。自分の気持ちを押し殺してでも、そうするしかないんだ……――。

家に帰って部屋着に着替えた私は、スマホを持ってリビングのソファーに横になる。

今日は来年度へ向けての学校説明会があるとかで五時間目で授業が終わり、いつものように放課後残ることも禁止とされたため旗制作はできず、久しぶりに夕陽が沈む前に帰宅した。

他のクラスと違い、旗制作が全然進んでいない私たちには正直痛いけれど、こればかりはどうにもならない。それに、体育館を使用する部活も今日は中止なので、久しぶりに千穂と菜々子と一緒に帰ることができたのは嬉しかった。

三人で電車に乗っていられる時間は、ふたりが降りるまでの二十分ほどだった。それでも、明るい色に包まれながら話をする時間は楽しいし、友達と笑って話せる今が何より幸せだと心底思えた。

ただ、そう思えば思うほど、ふたりの色を見てしまうことに少しだけうしろめたさを感じてしまう。半年近くみんなの色を見てきて、これまで一度もそんなふうに考えたことはないのに、どうして今さら……。

『俺は雨沢が本音で話してるところも、本気で笑ってる顔も見たことないけど』

――違う。そんなことない。

浮かんだ言葉を無理やりかき消し、スマホの画面を見つめる。

お母さんは買い物に行っていて美音は部活なので、家の中には私ひとり。あまりにも静かで、気を抜いたら眠ってしまいそうだ。と思った時、メッセージ受信を知らせる短い音が鳴った。

仰向けのまま画面を確認した瞬間、「うわっ！」と声をあげ、熱いものに触れたかのようなリアクションを取ってしまった。危うく顔面にスマホが落ちるところだった。

冷静になってスマホを握りしめた私は、体を起こす。

【明日の放課後、旗に下描き。いければ色塗りもはじめて、明後日には完成させる】

淡々とした文章が綴られていて、思わず笑いそうになった。なんていうか、里美くんっぽい。

そういう私も【了解】という猫のスタンプを送るのみなので、非常に淡白だなと自分で笑ってしまった。だけど、相手が里美くんだとあまり気にならない。

他の友達だと、メッセージを送り合うのは極力やりたくないというのが本音だ。

顔が見えないと当然色も見えないわけで、相手の感情が分からないままやり取りをしなければならないのは不安だから。それに、文字だけだと誤解を与えてしまう可能性が高いので、より慎重に言葉を選ばなければいけない。だから、メッセージでのやりとりは正直言って好きじゃない。

再びソファーの上に仰向けになり、胸の上にスマホを置いて目を瞑った。今日の夕食はなんだろう。昨日は唐揚げだったから、なんとなく今日は和食な気がするなぁ。ていうか勢いで了解って送ったけど、デザインが決まってないのに下描きなんてできないじゃん。

【てか、まだデザイン決まってないのに下描きできないよね?】

起き上がってメッセージを送信した。

それとも、里美くんが描いた動物の絵から選ぶってことなのかな。

もう一度横になろうと思ったら、すぐに返信がきた。意外と里美くんはマメなのか、それともたまたまかな。

【雨沢が一番気に入ってるやつに決まってんじゃん】

【それはもういいって】

【よくない】

【だけど、あれじゃダサいって思う人もいるわけだし】

【他の奴のことはいいから、本当はどうしたいのか雨沢が自分で考えろよ】

少し前だったら、自分の意見としてあのデザインのことはもういいと嘘をついていたと思う。だけど今は、本心じゃない言葉を打つことにためらいが生まれ、これ以上何も返せなかった。

私は里美くんにはなれないから、自分の気持ちを言うのが怖いんだ。どうすれば嫌われないで済むか、そんなことばかり考えてしまう。

＊

「で、どうするか決めたか」

翌日の放課後。美術室でいつものように向かい合った瞬間、里美くんに言われた。

「私は……」

正直な気持ちは、最初に考えた手形のデザインで旗を作りたい。だけど、それをクラスのみんなに伝えるなんてできないし、勝手に進めて反感を買うのも怖い。

「私はとにかく、せっかくの体育祭なんだし、楽しく終わりたいっていうか……」

「せっかくの体育祭ってなんだよ。雨沢にとって体育祭ってそんなに大事なのか？それともまさかとは思うけど、この期に及んでまだ自分の気持ちなんて言えないとか思ってないよな？」

何も答えず、ただただうつむくしかない。図星だからだ。

感情が見えるようになってから半年、とにかく嫌われたくなくて、常にみんなの気持ちを考えて過ごしてきた。

私がこの力を得たのも嫌われないためなんだって思っていたけれど、余計なことを言わないように空気を読んで相手の色ばかり気にしていたら、そのうちにどんどん本音が言えなくなっていった。

「黙るってことは、図星か。なんでそう思うのか、その理由が知りたいんだけど」

「それは……」

言わないんじゃなくて言えないんだ。それに、理由ならある。過去の失敗を繰り返したくないからだ。

「一度しかない高校生活を、楽しく過ごしたいからだよ……」

「雨沢にとっての楽しい高校生活って、みんなの気持ちを考えて、みんなのために行動することなのか？　そのために自分の気持ちとか本音とか全部閉じこめて我慢して、それでいいのかよ」

「そうじゃないけど……でも、結果的にそれが一番なんだよ」

私には感情が見えてしまうから、何を言われようと今さら変えることなんてできない。色が見える限り、その色を無視することはできないし、色に従っていれば、もう悲しむこともなくなる。傷つかなくて済む。

「マジで分かんないんだけど。雨沢って昔からそうなわけ？」

そうか。やっぱり里美くんは私のことを覚えていないんだ。まぁ、小学校で同じクラスだったのは三ヶ月ちょっとだから、あたり前か。そういう私もほとんど覚えていないし。

「昔の私は……ちょっと違うけど、でも成長したら誰だって変わるでしょ？　里美くんだってそうだって言ってたじゃん」

だけど私が変わったのは、自分に正直になんでも言えるようになった里美くんとは正反対の方向だ。

「けどさ」

里美くんがまた何か言おうとしたタイミングで、私は立ち上がった。これ以上この話を続けていたら、うっかり本音をこぼしてしまう気がしたから。感情の見えない里美くんが相手だと特に。だから少しひとりになりたい。ひとりになって、どうすることが一番自分の……みんなのためになるのか考えたい。

「ちょっと教室に忘れ物したから、取りに行ってくる」

本当はそんなものないから、具体的なことは告げずに美術室を出た。里美くんも、わざわざ呼び止めてまで聞いてはこない。

四階の廊下をゆっくりと歩き、階段で三階に下りる。音楽室は二階なのに、吹奏楽部の演奏がここまで聞こえてきた。

少しずつ遠ざかる音色を背に、三階の渡り廊下の真ん中で足を止めた。渡り廊下から南の窓の前に立つと、広い校庭がよく見える。今日はサッカー部と陸上部が練習しているようだ。

渡り廊下を渡って東棟に入ると、再び階段を上がった。六組の前から順に廊下を通っていくけれど、教室に生徒の姿はほとんどない。

今日は補習などの特別なことはないし、一年のクラス旗係はみんな美術室にいる。ちらほら見かける生徒は、ただたんに残って喋っているだけだろう。

ゆっくりと足を進めていた私は、一年二組のプレートの前で一度足を止めた。中から声が聞こえたからだ。前のドアは閉まっているけれど、声だけが微かに聞こえてくる。

ドアについている窓から中を覗こうとした時、

「……ら、花蓮のこと」

――……えっ？

自分の名前が聞こえてきた。咄嗟にドアから顔を離し、ゆっくりと一歩あとずさる。

でも、聞き間違いかもしれない。私はもう一度ドアに顔を寄せ、恐る恐る聞き耳を立てた。

「花蓮がどうかした？」

やっぱり、間違いない。しかも今の声は菜々子だ。だとすると相手は多分千穂。今日はバスケ部の練習がないから、ふたりで帰ると言っていたし。

でも、何を話しているんだろう。なんで私の名前？

そう思った瞬間、突然心臓が不穏な音を鳴らした。

同じようなことが、前にもあった。仲のいい友達が、私の知らないところで私の話をしていた。あの時感じた絶望を思い出して、心が激しく乱れる。

でも、あの時とは全然違うんだから、落ち着け。私はもう空気が読めない私じゃないし、今はみんなの気持ちをちゃんと理解してる。

だから絶対——。

「花蓮て、心が読めるのかな」

千穂の言葉で、目の前が一瞬にして真っ白になった。

「何それ、急にどしたの？」

「だってさ、花蓮を見てると、なんでもお見通しって感じがするんだよね」

手のひらに、じわりと汗が滲んだ。鼓動が激しくなり、息苦しさを覚える。

「困ってる子がいたとして、口に出さなくても花蓮はそれが分かってるみたいに声かけたりもするじゃん？　ほら、この前の陽菜香の本返した時とか」

「あぁ！　確かに」

千穂に賛同した菜々子の声に、私の心臓はさらに大きな音を立て、強く締めつけられる。

「クラス旗決める時も手を上げたけど、花蓮、本当にやりたかったのかな」

「えっ、違うの？」

「分かんないけど、私はなんとなく違うような気がして」

「ん～、千穂の言うことが分かるような分かんないような」

「なんかさ、花蓮の本当の姿って、正直違う気がするんだよね」

「本性を隠してるってこと？」

「私たちといる時は笑ってることが多いけど、なんか嘘くさいっていうか」

黒い影が、いくつも胸の中を通り過ぎる。それでも大丈夫だと言い聞かせながら、必死にもがいた。

「それなら分かる！　目が笑ってない時があるよね。だからさ、笑ってても内心何を考えてるか分かんない時もあるし」

「花蓮は優等生すぎるんだよ。教科書みたいな言葉が多いし」

大丈夫、大丈夫。同じクラスになってからずっと仲良くしてきたし、ふたりを不快にさせたり怒らせたりしたことなんて一回もない。だから、ふたりならきっと大丈夫だ。

だけど……。

「なんていうか、花蓮は空気を読むのが上手すぎるんだよね」

「あっ、分かる！　あたしも思ってた」

「だよね。花蓮は空気読むのが上手すぎて、ちょっと――」

漆黒の闇に包まれたような感覚に陥った瞬間、千穂の声を聞くことを本能的に拒否した私は踵を返し、足早にその場を去った。

震える足を必死に前へと進めながら、こみ上げてくる涙を懸命にこらえた。強く唇を噛み、拳を握り、眉間に力をこめる。

――なんで、どうして、また……。

三階の渡り廊下の真ん中で立ち止まると、校庭を染めている綺麗な西日が少しずつ黒い影を伸ばしていく。そして、思い出したくない言葉が頭の中でぐるぐると回りはじめた。

『花蓮って、ぶっちゃけ空気読めないよね』

昔の私は、学校でも明るくてよく笑う子供だった。それに、どちらかというと言いたいことを口に出せるタイプで、男子ともよく喧嘩していたのを覚えている。

あれは小学四年の時、クラスの男子が女子に意地悪なことを言って泣かせたことがあった。

新しいスカートを履いてきた友達が『お母さんに買ってもらったんだ』と嬉しそうに言っているのを聞いて、その男子は『似合わねぇ。マジで変なの』ってからかって笑ったんだ。裾にレースがついたチェックのスカートで、可愛らしい顔をしている友達にすごく似合っていたのに。

買ってもらった時、友達はすごく嬉しかったんだと思う。だから泣いている友達を見ていたら怒りが湧いてきて、私はその男子が許せなかった。

『なんでそんなこと言うの？　めちゃくちゃ似合ってるじゃん！　マジで信じらんない！』

『な、なんだよ、変だから変って言ったんじゃん』

『本当は可愛いって分かってるのにわざと意地悪言って女の子泣かせて、マジでちょーダッサイ。謝りなよ！』

腕を組みながらじわじわと男子ににじり寄ると、男子は気まずそうに視線をキョロキョロさせて、もごもごと何か呟いた。

『何？　聞こえないんだけど！　早く謝りなよ！』

そう怒鳴ったら、今度は男子が泣いちゃったんだ。

それ以来、女子からは頼りにされるようになったけど、男子からはちょっと距離を置かれていたのが少し笑えた。

そうやって、私は言わなきゃいけないこと、間違ったことは言っていないと今でも思う。

中学生になっても、それは変わらなかった。自分の思いは口にするようにしたし、言いたいことはちゃんと相手に伝えるようにしていた。だって、言わなきゃ本当の気持ちなんて分からないから。

けれど、中学三年の三学期がはじまった頃、それまでずっと仲がいいと思っていた友達ふたりの会話を、廊下で偶然聞いてしまった。

あの頃は、ただひたすら自分に正直だった。

委員会の仕事を終えた私は、友達が待ってくれているからと急いだ。そして、教室の手前まで来た時。

『花蓮って、ぶっちゃけ空気読めないよね』

『そうそう、空気読めなすぎ』

『普段はいいんだけどさ、たまに面倒くさい時あるし』

『ちょっとうざいよね』

『あーそれ分かる！』

その会話を聞いてしまった時、あたり前のように私たち三人を映していたはずの鏡が、突然なんの前触れもなく粉々に砕け散ったような衝撃を受けた。

『リナのことちょっとムカついてたから花蓮に愚痴ったら、陰でそんなふうに言わないほうがいいよ。言いたいことがあれば本人に言えばいいんだから。とか言って、マジで笑いそうになったわ』

『あーあれね。あそこは普通話合わせるっしょ。なのに注意するとか、真面目かよ。リナのことムカついてたけど、逆に花蓮のことシカトしたくなったもん』

『ほんと、マジないわ。つーか、帰ろうよ。花蓮待ってるの面倒になってきた。ていうか、なんでうちらが待たされなきゃいけないわけ？』

椅子が鳴る音が聞こえて、私は咄嗟に隣の教室に隠れた。

『シカトしちゃおうか』

遠くなっていくふたりの笑い声と共に、そんな言葉が聞こえた。

どうして……。シカトって、なんで？

言いたいことは言っていたかもしれないけど、もちろん相手が傷つくような言葉は絶対に言わなかった。私はただ、自分の思ったことを素直に言葉にしていただけだ。そうじゃなきゃ、伝わらないと思ったから。

でもそれは全部間違いで、仲がいいと思っていたのも私だけ。私だけが、ずっとひとりで間違えていた。悪いのは私で、私が何も分かっていなかったから……。

空気が読めないから嫌われた。自分の気持ちを正直に言ったから、嫌われたんだ。

その日から中学を卒業するまで、私は自分の気持ちが言えなくなった。

仲がいいと思っていた友達に避けられた私は、他のクラスメイトとも距離を置くようにした。そうしないと、うっかり本音を言ってしまいそうになるから……。

だから、私は相手の気持ちが分かるようになりたかった。そうすれば言葉を間違えることも、嫌われることもないから。

高校生になって、突然人の感情が色で見えるようになった時、これでもう相手を不快にさせることも、嫌われることもないって思えた。

みんなの感情が分かるからこそ困っている子には声をかけて、怒っている子をなだめて、喧嘩になりそうな空気を変えることもできた。みんながやりたくないと思っている係の仕事も、空気を読んで引き受けた。

本音を隠して、閉じこめて、蓋(ふた)をして。

そうしてきたのは、嫌われたくなかったからだ。

だけどまた、きっと私はどこかで間違えたんだ。間違えて、千穂と菜々子に嫌われてしまった。

大好きな、千穂と菜々子に……。

美術室の前で一度深く息を吸った私は、今にも崩れ落ちてしまいそうな体と心をなんとか保ち、中に入った。

「遅くなってごめん。お母さんから連絡あって、すぐ帰らなきゃいけなくなっちゃったんだ」

里美くんの顔は一切見ないまま、私は置きっぱなしにしていた鞄を持ち上げた。

「なんかあったのか？」

「ううん、たいしたことないんだけど、ごめん。あの、ほんとにごめんね。明日はちゃんとするから」

早口で曖昧（あいまい）な言葉を口にしたあと、視線を下げたまま急いで美術室をあとにした。説明になっていないと自分でも分かっていたけれど、深く追及されてもこれ以上の言葉を絞り出す気力は、今の私に残っていない。

廊下を歩きながら、まだ千穂と菜々子は教室にいるのだろうかという不安がよぎる。もしバッタリ下駄箱で会ってしまったら、私は今まで通り笑えるだろうか。

西棟の三階に下りた私は、そこから東棟の四階を見上げた。すると、ちょうど二組に視線を向けたタイミングで、教室を出るふたりの姿が目に映る。

もちろん話し声は聞こえないし、顔もよく見えないけれど、千穂も菜々子も多分笑っていると思う。だって、ふたりを包む色が明るいオレンジだから。

きっと菜々子がまた何か愚痴って、それに対して千穂が愛ある指摘をする。菜々子は頬を膨らませながらも千穂の言葉を受け入れて、結局最後はふたりとも笑って終わり。

そんな様子が目に浮かんだ瞬間、言いようのない虚しさが冷たい風となって胸の中を突き抜けた。

仲良くしたくて、もめるのも嫌で、だから常に色を見てすぐにその場をおさめてきた。でも、私がふたりの間を取り持つ必要なんて、なかったのかもしれない。ふたりの感情に寄り添って気持ちを理解していたつもりだったけれど、そんなのなんの意味もなかったんだ。

廊下を歩く千穂と菜々子の色があまりにも鮮やかで、涙が出そうになる。

夕陽のようなどこか切ないオレンジじゃなく、太陽みたいに明るいオレンジを見ているだけで、そこに自分がいないことが悲しくてたまらない。

みんなの感情が見えても、どれだけ空気を読んでも、私のこの胸の痛みに気づいてくれる人は、誰もいないんだ。

窓に背を向けた私は、自分の心を守るように両手で体を抱き、崩れ落ちるようにその場にしゃがみ込む。

もう、どうしたらいいのか分からない……。

第四章　消えない灰色と本音

こんな日に限って空は好晴で、私の心とは対照的な、からんとした秋の日差しが心地よく降り注いでくる。

学校へ行くか行かないか、家を出る瞬間まで葛藤(かっとう)したけれど、結局は親に心配をかけたくないという思いが勝ってしまった。家族が大好きだからこそ、負担になりたくない。

それと、私を学校へ向かわせた理由がもうひとつ。

【明日絶対学校こいよ。待ってるから】

昨夜届いた里美くんからの短いメッセージ。

たったこれだけの言葉でも、この人だけは私を待っていてくれているのかもしれないと思ったら、前に進むための大きな勇気になった。

いつもより一本遅い電車に乗って学校に着いた私は、不安定な気持ちを無理やり押さえつけ、教室に向かった。

色は自分を傷つけないための救いだと思っていたのに、今は目に映るすべての色に蓋をしたい気持ちになる。けれど、嫌でも見えてしまうから、私は廊下の薄汚れた冷たい床に視線を落としたまま四階に上がった。

もうすぐチャイムが鳴るはずだ。そうしたら、いつもみたいに千穂や菜々子の席には行かず、慌てたふりをしてすぐに自分の席に座ろう。

鞄の持ち手を強く握りながら一歩教室に足を踏み入れ、おもむろに顔を上げた。

眩暈（めまい）がするほどの色彩が、狭い教室に溢れている。

色が見えたって、結局なんの意味もなかったのに……。

このカラフルな世界に飛び込むのが怖くて、重い足を動かせずにいると。

「おはよ」

トンと軽く腕にぶつかられて、振り返る。そこに立っているのは、眠そうな顔の里美くんだった。

「お、おはよう……」

「邪魔だから入れよ。チャイム鳴るぞ」

「あ、ごめん」

二、三歩前に進んだところでチャイムが鳴り、私は慌てて自分の席に着いた。

「おはよ～」

「おはよう花蓮、珍しく遅いじゃん」

「おはよ。うん、ちょっと寝坊」

菜々子と千穂に声をかけられた私は、ヘラヘラと情けない笑みを浮かべながら応えて前を向く。

昨日から消えない不安を胸の中に隠しているのに、それでも笑ってしまうのは、これ以上ふたりに嫌われないためだ。変に疑われないため。

私が何も知らないふりをして接していれば、きっと今まで通りでいられる。何も聞かなかったことにして、普通にしていよう。大丈夫、色さえ見なければ、知りたくないふたりの気持ちに気づくこともない。

そう思っていたけれど……。

「ごめん、ちょっとクラス旗のことで確認があるから、先に食べてて」

昼休み、私はそう言って、逃げた。

いつもならお弁当を持って一目散にふたりの席に行っていたけど、無理だった。よく思われていないのに、やっぱり平然となんてできない。笑えない。

会話をしていない授業中でさえ、ふたりの色が気になってしかたがなかったのに、向かい合ってお弁当を食べるなんてできるわけない。

もしもふたりから明るいオレンジや黄色が見えたとしても、その色すら嘘の感情なんじゃないかって思ってしまう自分が、どうしようもなく嫌だから。

鞄を持って教室を出た私は、西棟に向かった。

昼休みは、一日を通して一番みんなの色が明るくなる時間だ。ご飯が食べられるからなのか、授業から解放される時間だからか、理由は分からないけど、楽しそうで平穏な感情の色が多く目につく。もちろんその中でも暗い色を放っている生徒もいるけど、私はなるべく誰の色も見ないようにして足早に廊下を抜けた。

怒りや疑いや不満の感情が見えてしまったら、相手が誰だろうと、その色は私に向けられているような気持ちになるから。すべての色が、私にしか見えない鋭い刃のように思えてしまう。

中学の時もそうだった。あの頃は色が見えなかったけれど、あちこちから聞こえる話し声がすべて私へ向けられた悪口のように感じて、学校にいるのが苦痛だった。

西棟の四階まで来ると、そこからさらに上へと階段を上がった。

屋上へ出るための重い扉は施錠されていて開けることができないため、誰もここへは近づかない。屋上に行けるわけでもないのに、わざわざ意味もなくここへ来る生徒なんていないだろう。私自身、四階から上に続くこの階段を上ったことは一度もない。

扉の前の段差に腰を下ろし、鞄の中からお母さんお手製のお弁当を取り出して膝の上に置く。

蓋を開けると、今日のおかずは私の大好きなハンバーグだった。といっても昨日の夜がハンバーグだったので、なんとなく分かっていたけれど。

箸で小さなハンバーグを半分に切り、口に入れた。昨日の残りでもなんでも、私はやっぱりお母さんの作るハンバーグが好きだ。小さい頃からずっと。

そういえば、菜々子も千穂もハンバーグが好きでよくお弁当に入っていた。それから菜々子はナスが苦手で、それなのに親がお弁当に入れてくると愚痴を言うことが何度かあった。私が代わりに食べてあげると千穂は甘やかすなと怒るけれど、もちろん冗談だからふたりとも笑っている。

私たちの昼休みは、そうやっていつも明るい陽だまりみたいな色だった。友達と一緒に笑い合える時間は私にとって何より幸せで、それを守るために、私は……。

なんで玉子焼きが苦くて、どうしてハンバーグを食べると泣きそうになるんだろう。美味しいはずの味が分からなくなって、まだ残っているお弁当箱にそっと蓋をした。

「こんなとこにいたのかよ」

頭上から降ってきた声に驚いて顔を上げると、里美くんが私を見下ろしている。

「里美くん、どうして……」

「それはこっちの台詞だろ。なんでこんなところでひとりで食べてんだよ」

答えることができない私は、うつむいたまま口を噤む。

「昨日のあれ、嘘だろ」

里美くんは私の右隣に移動し、立ったまま壁に寄りかかった。

「嘘……？」

頭を起こして首を傾げると、里美くんの視線が私に向かう。

「お母さんから連絡があったから帰るってやつ」

「あ、あれは……」

「鞄、美術室に置きっぱなしだったろ」

言われてみればそうだった。鞄がないならスマホも当然手元にはなくて、連絡がきたとしても見られるはずがない。あの時は動揺を悟られないように必死だったから、そこまで頭が回らなかった。

つまり、里美くんは私が嘘をついていることを知っていてあえて聞かなかったんだ。

「……ごめん。私、その、サボろうと思ったわけじゃなくて」

「んなこと分かってるよ」

壁に背中をつけたまま、里美くんはその場にしゃがみ込んだ。声だけでは怒っているのか呆れているのか分からないけれど、嘘をついてしまったのは私だから、どう思われても受け止めるしかない。

「喧嘩でもしたのか？」

不意に投げかけられた言葉に、私はうつむいたまま目を瞑り、呼吸を整えた。

「ううん、全然そういうんじゃないよ」

そして顔を上げ、いつもの笑みを浮かべながら答える。

決して喧嘩をしたわけじゃない。ふたりの本音を聞いてしまったのはたまたまで、私が勝手に落ち込んでいるだけだ。私が悪い。

「へたくそ」

「え？」

「それで笑ってるつもりかよ」

　驚いた私は、無意識に両手で自分の顔を触る。自分ではうまく誤魔化せているつもりなのに。

「顔、引きつってて怖いんだけど」

「そんなハッキリ言わないでよ……」

「俺が今さら遠慮すると思うか？」

「……思わない」

「だったらそんな気色悪い顔で笑うなよ」

「気色悪いって、言い方」

　そっか。里美くんは思ったことを正直に言ってしまう空気の読めない男だった。

　無理に笑ったって、里美くんには通じないんだと思った途端、なんだか急におかしくなってきて、笑いがこみ上げてきて、同時に……なぜだか涙が止まらなくなった。

「えっ、ちょ、なんで泣いてんだよ。てか、笑ってる？　いや、泣いてんのか？　どっちだか分かんねぇよ」

　狼狽（うろた）えながらも、里美くんは隣にいる私にハンカチを差し出してきた。蒼空という名にピッタリな、綺麗な水色のハンカチ。

涙を拭うのはもったいないし申し訳なくて、私は「ありがとう」の言葉と共に、ハンカチをそのままギュッと握りしめた。

「ていうか、顔が引きつってるっていうのは本当だけど、気色悪いっていうのは冗談だからな」

里美くんの言葉で泣いたわけではないし、そもそも里美くんのせいじゃない。そう言おうとしたけれど、あたふたしている里美くんも、フォローしてくれる里美くんもなんだか珍しくて、私はしばらく泣きながら笑い続けた。

泣きながら笑うなんて意味が分からないはずなのに、里美くんは何も聞かずにただ黙って私の隣に座っていてくれる。

階段の下がさっきよりも騒がしいと感じるのは、お昼を食べ終えた生徒が廊下に出はじめているからだろう。ここにいられる時間は多分あと少ししかないと思う。

隣を一瞥すると、里美くんも同時に私のほうを見ていて、ふたりの視線が繋がった。たまたまなのか、それともずっと見ていたのかは分からないけれど、以前の私ならすぐに目を逸らしていたと思う。感情が見えず何を考えているのか分からない里美くんのことが、苦手だったから。

でも今は、分からないからこそこうしていられる。以前は見えないことが不安で怖かったけど、今はむしろ逆だ。この学校の中で唯一、色が見えない里美くんと一緒にいる時間だけが、安心できる。

里美くんになら、本音を話してもいいのかな。私が話したところで里美くんの感情は分からないし、見えてしまう色に一喜一憂することもない。見える色に従って自分の言葉を変える必要もない。

「あのさ……」

視線を前に戻しながら、私は徐に口を開いた。

「私、聞いちゃったんだ。千穂と菜々子が私のことを話してるの。それで昨日ちょっとショックで、ていうかだいぶショックで、あのまま美術室に戻っても普通にできないなって思ったから」

「だから帰ったのか」

「うん、ごめん。ただでさえ時間がないのに、ほんとごめん」

「それは別にいいけど、なんかひどいこと言われたってことか」

「ひどいっていうか、多分、私にはショックな言葉だったのかも」

『空気を読むのが上手すぎて、ちょっと――』

あとに続く言葉がなんなのか、想像はつく。中学の頃は『空気が読めない』だったけれど、今も昔も、友達を不快にさせていたことに変わりはない。色が見えようが見えまいが、どう努力したって結局たどり着くところは同じだった。

「分かんねぇけどさ、今井と江崎は雨沢がショックを受けるような言葉を言う奴らなのか？　しかも、雨沢がいないところで」

ハッと顔を上げた私の脳裏に、ふたりの姿が浮かぶ。まだ友達になって半年だけれど、一緒に過ごしてきた中で分かったのは、ふたりが陰でコソコソ悪口を言う子じゃないってこと。少なくとも私は、聞いたことがない。

菜々子は愚痴を漏らすことはあっても相手を傷つけるような悪口を言う子じゃないし、千穂は少しだけ里美くんに似ていてなんでもハッキリ言う子だ。

そんなふたりが、私のいないところで私のことを悪く言うだろうか。

疑問が浮かんだけれど、昨日聞いてしまった会話は幻聴でもなんでもなく事実だ。

それは間違いない。

「そういう子じゃないけど、だけど聞いちゃったんだもん」

「だったら確かめればいいだろ」

里美くんはそうやって簡単に言うし、実際に里美くんなら簡単なことなのだろう。

でも私は里美くんと違うから、怖くてできない。もし本当にふたりが私をよく思っていなかったら、その現実をハッキリ突きつけられたらと思うと、怖くてたまらないんだ。

「私は、弱いから……無理だよ。本当は教室にだって戻りたくないし、このまま帰りたい」

「雨沢が弱い？　どこがだよ」

「……え？」

「俺は雨沢のこと、すげー強く見えたけどな」

なんのことを言っているのか分からなくて聞き返そうとした時、昼休みの終わりを告げるチャイムが鳴った。

「で、雨沢は帰るのか？　帰るなら先生に言っとくけど」

里美くんが立ち上がり、私を見下ろす。

「でも……戻るよ」

「さっきは帰りたいって言ったじゃん」

「そうだけど、でも急に帰ったりしたらみんなに変なふうに思われちゃうかもしれないし。まだクラス旗だって全然できてなくて、みんなに迷惑かけてるのに」

「でた、またまわりのことかよ。俺はみんながどうかじゃなくて、雨沢がどうしたいか聞いてんだけど」

深いため息に若干の苛立ちを感じるけれど、それは棘のあるものではなく、心配してくれているからだと思う。多分。

「私は……千穂や菜々子だけじゃなくて、本当はクラスのみんなが私のことをよく思ってないような気がして怖くて、戻りたくない」

どんな色が見えてもすべて嘘に思えて、むしろ最初から間違えていたのかもしれないとさえ思う。色はその人の感情を表しているんじゃなくて、全部私に対する不満の色で、だから私にしか見えないのかもしれないと。

「で、戻らないとして、そのあとはどうすんだよ」

「そのあと?」

「ずっとここにいるわけにはいかないだろ。帰ったとして、そのあとはどうするのかってこと。みんなとかまわりがとかじゃなくて、雨沢がどうしたいか自分で決めろよ」

一緒に戻ろうと言われたら、私は恐らくそれに従っていたと思う。だけど里美くんは『自分で決めろ』と言って、ひとりで階段を下りていってしまった。

残された私は、膝の上で抱えている鞄に顔をうずめた。

このまま家に帰ったら今の状況からは逃げられるけど、それで終わりということにはならない。かといって教室に戻れば待っているのは、みんなの感情が渦巻いているカラフルな教室だ。

千穂は、菜々子は、どんな色で私を見るのだろう。もう、色を見るのは疲れる。見たくない。みんなの感情なんて知りたくない。

あの中にいると、私だけが別の世界を見ているようで、怖いから——。

生徒がなだれ込むように教室に戻っていく中、私はひとり、その流れに逆らって下駄箱に向かった。靴に履き替えて門に向かう途中、コの字形の校舎の真ん中にある中庭から、東校舎の四階を見上げた。

里美くんは、もう教室に戻っただろうか。千穂と菜々子は、何も言わずに突然帰ってしまった私をどう思うだろう。

校舎から視線を外した私は、そのまま学校を出た。

いつものように乗り込んだ電車の中に、学生がいないことが不思議でならない。途中で帰ったのだから当然といえばそうなのだけれど、いつもと違う光景の中にいると、途端に落ち着かなくなる。

いつもよりずっと早い五駅目で電車を降りた私は、改札に向かった。時間帯が違うからか、それともひとりだからか、週末に来た時とは別の駅にいるような変な感覚になった。

私は左に見えるショッピングセンターを横目に、大通りではなく細い脇道を行く。一方通行の狭い歩道を歩いていると、大きなクマのぬいぐるみが見えた。雑貨屋の前で、ひとり掛けの白い椅子に座っている。そのぬいぐるみと目が合った私は、なんとなく小さくお辞儀をして通り過ぎた。

雑貨屋のすぐ先が目的地なのだけど、私はなぜここへ来てしまったのだろう。無意識かといえばそうじゃなくて、ただなんとなく。家にはまだ帰りたくなかったし、かといってひとりになるには少し寂しかった。そう思った時、浮かんだのがこの場所だった。

でも、この時間にひとりで来て、変に思われないだろうか。

一度お店を通り過ぎてから立ち止まり、振り返ってオーニングを見上げる。

【喫茶　ＦＬＯＷＥＲ】

店の前の鉢植えは変わらずカラフルで、赤、青、黄色、紫、白と、同系色がまとまって並んでいる。

花蓮という名前なのに、花のことは詳しくない。でもこの花々はとても可憐(かれん)で、店の外観とも調和が取れているなと思いながら、どうすべきか決められずにいた。

学校をサボってまで来たのに今さら二の足を踏むなんて、どうかしている。

花を見つめながらゆっくりと店に近づいた時、カランという鐘の音と同時に店のドアが開いた。

思わず「あっ」と声を出すと、中から出てきたのは莉子さんだ。バッタリ出くわしたのが私で驚いたのか、莉子さんも同じように目を丸くしている。

「花蓮ちゃん、どうしたの？　学校はもう終わり？」

私のうしろにチラチラ目線を送っているのは、里美くんが一緒かどうか確認しているんだと思う。でも今日はひとりだし、授業も本当はまだ終わっていない。

「いえ、あの……」

「ま、別にそんなことどうだっていっか。せっかく来てくれたんだから、入って入って」

莉子さんに背中を押される形で中に入ると、マスターが「いらっしゃい」と言って軽く会釈をした。

「お邪魔します」

家に遊びに来たわけじゃないのに勢いでそう口走ってしまうと、莉子さんはクスッと笑って私をカウンターに促した。

客は私以外にひとりだけ、年配の男性がテーブル席で新聞を読みながらコーヒーを飲んでいる。イヤホンで真剣に何かを聴いているようで、私が来店したことにも気づいていない。

「何か飲む？　おごるよ」

「いえ、ちゃんと自分で払います。えっと、カフェオレをお願いします」

「アイスでいい？」

「あ、えっと、今日はホットで」

「了解」

目の前にはガラスのコーヒーサーバーがふたつ置かれていて、奥の棚にはコーヒーカップやグラスがずらりと並んでいる。種類が統一されているわけではなく、色や形がバラバラなのが面白い。それに、改めて見ると店内はアンティーク調のお洒落な家具で揃えられている。といってもアンティークのことはよく知らないので、私にはそう見えるというだけだけれど。

椅子の背もたれと座面には細かな花柄が刺繍されていて、外光によって艶感が増したテーブルの脚は、ただ真っ直ぐ伸びているのではなく少し曲線を描いた造りになっていた。猫脚というやつだろうか。それに、天井から吊るされている照明はチューリップのような形をしていてとても可愛い。

「お待たせしました」

莉子さんが、カフェオレの入ったカップを私の前に置いた。カップの縁には、またもや小花が描かれている。マスターは花が好きなのかもしれない。

「いただきます」

小さな声で伝えると、コーヒー豆を挽いていたマスターが、目線を私にちらりと向けた。イケオジの視線にドキリと胸を鳴らしつつ、ふーっと息を吹きながらカフェオレを口に運ぶ。

「美味しい……」

ミルクがたっぷり入ったほんのり甘いカフェオレの味はとても美味しくて、何よりこの温かさが深く沁みる。気を抜いたら泣いてしまいそうなほど、今の私には優しすぎる味だ。

カップを両手で包み込んだまま、カウンターの中にいる莉子さんとマスターに目を向ける。

ふたりからは穏やかな緑色が強く見えているので、少なくとも突然やってきた私を不快に思っているということはなさそうだ。安堵するも、すぐにそうやって色に左右されてしまう自分にうんざりする。

「ごちそうさま」

涙腺が緩んでしまわないよう、眉間に力を込めながらカフェオレの味を堪能していると、うしろから声がした。

新聞を見ていた年配の男性客が席を立ち、随分とご機嫌な様子で会計をしている。

「ありがとうございました」

何かいいことでもあったのだろうか、莉子さんとマスターの声に見送られた男性は、オレンジや黄色の明るい色をまといながら店をあとにした。正直、今の自分の心情とは正反対の色を直視するのは、少ししんどい。

「花蓮ちゃん、何かあったの？」

客が誰もいなくなったところで、ふたつ隣に腰かけた莉子さんが、頬杖をつきながら私のほうへ視線を向けた。

「いえ、あの……」

「たいしたことは言えないと思うけど、私でよければ聞くよ」

里美くんのお姉さんとはいえ、一度会っただけの人に自分のことを話すのはどうなのだろう。莉子さんを困らせてしまうかもしれない。

そうやってためらう気持ちは当然ある。けれど、クラスメイトでも家族でもない誰かに聞いてほしいという思いがあるからこそ、私はこの場所を選んだのだと思う。

「私、駄目なんです」

ぽつりと言葉をこぼすと、莉子さんは姿勢を整えて体ごと私に向き直した。

「駄目って、何が？」

「私、どうしても友達やクラスメイトの気持ちが気になってしまうんです。今どんなふうに思ってるのかなとか、どんな言葉を言えば相手を不快にさせないかなとか、まわりのことばかり気にしてしまって」

気づかないふりをしていたけれど、入学してから今まで、私は千穂と菜々子に本音をぶつけたことはなかった。

　ふたりと一緒にいるのが楽しいというのは本当だし、嘘じゃない。でも、ふたりと話をする時も私は常に色を見ていた。色を見てから言葉を選んでいた。言いたいことがあっても閉じこめて、そうやって紡いできた言葉は、本当に私自身の言葉だったのかな。

「あ～分かるよ、私もそういうことあるし」

「莉子さんもですか？」

「うん、あるあるでしょ。特に思春期って難しいから、まわりの子の顔色とかうかがっちゃうよね。あとさ、嫌われたくないとか、よく思われたいとか考えちゃって、言いたいことが言えなかったり」

「そうなんです。でも、今までの私ってなんだったんだろうって思ったら、そんな私と仲良くしてくれていた友達に申し訳なくて……」

私は大好きな友達にさえ、本音をぶつけていなかった。そのことに、きっとふたりは気づいてしまったんだ。だから私のことを……。

「本音で向き合うって、結構難しいよね」

共感してくれた莉子さんに、私は静かに頷く。

「でも、花蓮ちゃんがその友達とこれからも仲良くしていきたいって思ってるなら、本音をぶつけるしかないんじゃない？　黙っていたって思いは伝わらないわけだし」

カラッとした口調だけれど、莉子さんの声には優しさが感じられる。

本音を言ったとして、ふたりは受け入れてくれるのかな……。

拭えない不安を口に出そうと顔を上げた瞬間、目の前の光景にひどく驚いた私は、手の中にあったカップを思わず落としそうになり、慌てて強く握り直す。

そして、もう一度莉子さんに視線を合わせた。

「どうした？」

思考が停止したまま目を大きく見開いている私を見て、莉子さんが小首を傾げる。

それでも私は、すぐに声を出すことができなかった。

なぜなら、ついさっきまで見えていたはずの莉子さんの色が、消えているからだ。

人に感情がまったくないなんてことはあり得ないから、必ず何かしらの色は見えるはず。それなのに、莉子さんには色がない。つまり、里美くんと同じ現象が莉子さんにも起きたということになる。

里美くんの場合は最初から見えていなかったけれど、莉子さんの場合は今この瞬間に突然見えなくなったということだ。

こちらに背を向けてコーヒー豆を挽いているマスターの色は変わらず見えているのに、どうして莉子さんの色は消えてしまったのか。

「花蓮ちゃん？」

「あっ、すみません、あの、なんでもないです」

色が消えたなんて言うわけにはいかないから、そうやって誤魔化すしかない。

「ほんとに大丈夫？」

「はい。莉子さんに話を聞いてもらえてよかったです」

「ならいいんだけど、あんまり上手いこと言えなくてごめんね」

「いえ、そんなことないです。本当にありがとうございます」

色が見えなくなったことについては気になるけれど、いつまでも長居して仕事の邪魔をするわけにはいかない。

冷静に返した私は、莉子さんに頭を下げて立ち上がる。と、同時に鐘の音がカランと鳴った。

新たな客が来たのだと思い、振り返ると……。

「まさかここにいるとはな」

そこに立っているのは里美くんだ。雫のように呟いた里美くんの言葉の中に、若干の安堵感が混じっていたように思うのは、気のせいかな。

「花蓮ちゃんごめんね、私が連絡したの。ていうか、蒼空から【もし雨沢が店に来たらすぐ知らせろ】ってメッセージが送られてきたってことは、内緒なんだけどね」

「いや、普通にばらしてんじゃねーかよ」

「あら、そうだった？　ごめんごめん」

悪いと思ってないけど、とつけ足す莉子さんに対して、里美くんは軽く舌を鳴らし、あたり前のように私の隣に腰を下ろした。

店を出ようと思っていたのに、そういうわけにもいかなくなった私は、黙って再び椅子に座る。

喫茶店のレトロな壁掛け時計は十四時よりも少し前を指している。つまり、まだ授業中のはずだけれど、心配して来てくれたのだろうか。

でも『来てくれてありがとう』と言うのもおかしいし、『帰っちゃってごめん』と謝るのもなんだか違う気がする。

「莉子ちゃん、ちょっと買い出しに行こうか」

どうしていいのか分からずにいると、マスターが莉子さんに声をかけた。

「そうですね。ちょうどお客さんも途切れる時間帯だし。じゃー店は閉めておくから、何かあったら連絡して。三十分くらいで戻るから」

戸惑いながら莉子さんと里美くんを交互に見やっている間に、莉子さんとマスターは店を出ていく。残された私は、この状況を把握できず妙に困惑したまま、とりあえず残っているカフェオレをひと口飲んだ。

チラッと右に目線だけを送ると、私を見ている里美くんと目が合ってしまい、慌てて逸らす。

緊張しているのかなんなのか自分でもよく分からないけれど、謎に心拍数が上がるし、なんだか落ち着かない。美術室ならまだしも、喫茶店でふたりきりになるなんて、予想外すぎて何を話せばいいのか……。

「で、自分がどうしたいか考えた結果、雨沢は今ここにいるってことでいいのか」

一度立ち上がって自分でコーヒーを淹れた里美くんが、カップをカウンターに置いて聞いてきた。

ここに来たのは、学校でも家でもないところに行きたいって思った時にこのお店が頭に浮かんだからで、それはつまり自分の気持ちに従ったってことになるのかな。

「そう、だと思う。ていうか、帰ったのは私がそうしたいって思ったからだけど」

「ちなみに、雨沢は具合悪くて帰ったって言っといたから」

「えっ、里美くんが？」

「他に誰がいるんだよ」

「そっか。あの、ありがとう」

急に帰ってしまった私のことを、みんなはどう思っただろう。早退なんて珍しいことじゃないし、きっと気にも留めていないと思うけれど、千穂と菜々子は……。

膝の上に置いていた鞄に手を入れ、そっとスマホを取り出した。画面にはメッセージ受信の通知が見える。千穂と菜々子からだ。

【花蓮大丈夫？　具合悪かったのに気づかなくてごめん。季節の変わり目だからね、温かくしてしっかり寝なよ】

【かれ～ん！　授業のノートは千穂がちゃんと取るから心配しないで、ゆっくりやすんでね】

ふたりのメッセージを読んだ途端、我慢しきれなくなった涙が目の縁から溢れ、瞬きと共にこぼれ落ちた。

「えっ、ど、どうした。なんで泣いてんだよ、なんか言われたのか？」

いつもは冷静なはずの口調に焦りを滲ませながら、里美くんが慌てて腰を上げた。

「ううん、そうじゃないんだけど……」

指先で涙を拭った私はスマホを鞄にしまい、残っていたカフェオレの最後のひと口を飲み干した。そして、息を深く吸って気持ちを静めてから、過去の自分と向き合うようにゆっくりと口を開く。

「中学の時にね、それまですごく仲がいいと思ってた友達が言ったの」

『花蓮って、空気読めないよね』

「面と向かってじゃなくて、私がいないところで私の悪口をたくさん言っててさ」

今まで、あの時のことを誰にも相談しなかったのは、言えなかったからだ。友達の言葉を思い出すと、どうしようもない悲しみに襲われるのに、それでも家族や他の友達には言えなかった。

私が悩みを打ち明けても、相手にとっては迷惑なだけかもしれない。何を言っても、きっと空気が読めない奴だと思われるだけだ。自分の口から出る言葉がすべて間違えているような気がして、正直に話すことが怖くなった。

「……だからね、卒業までの間は、人が変わったみたいに大人しくなったんだ。最初は心配してくれる友達もいたけど、話すのが怖かったからなんでもないふりして、いつもまわりの顔色ばかり見てた。そしたら自然とひとりでいることが多くなったの」

どれだけ心配するような言葉をかけられても、楽しそうに笑っている子を見ても、何を話していても、結局陰では悪口を言われているような気がしてならなかったから。

ひとりでいることがあたり前で、自ら望んでそうなった。高校生になってもきっと、そうするしかないと思っていた。

「だけどね、高校生になって変わったの。みんなの気持ちを考えられるようになって、もう空気の読めない雨沢花蓮じゃなくなった」

「急に変わったのは、なんかキッカケがあったってことか」

「キッカケというか、まわりの空気とか顔色とか、そういうのばかり気にしていたから、みんなの気持ちがだんだん分かるようになったのかも」

ずっと黙って聞いていた里美くんの問いかけに、少し考えてから曖昧に答えた。

私の目に映る世界が突然カラフルに色づいて、みんなの感情を見られるようになった。そのお陰で空気を読んで発言することができたのだけれど、そんなことを言っても信じてもらえないのは分かっているから。

「だけど今度は空気読むのうますぎって言われて、本性隠してるとか、何考えてるか分かんないとか、色々。千穂と菜々子は陰で悪口を言うような子じゃないって信じたいのに信じられなくて、怖くなって……」

「それでふたりのことが、嫌いになったのか？」

里美くんの言葉に、私は大きく頭を左右に振った。

違う。嫌いなのは、自分自身だ。ふたりが私を心配して送ってくれたメッセージを読んだ時、気づいてしまったから。私が心配していたのは、私自身のことだけだったって。

「私は……相手のため、みんなのためって言いながら、自分を守ることしか考えてなかった」

溢れ出た涙が頬を伝い、カウンターの上にぽとりとこぼれ落ちる。

自分を守ることがずっと根底にあって、色が見えることで私はその武器を手に入れたんだと思ってた。本音を隠して、嘘ばかりついて。

誰かのためじゃなく、自分が傷つきたくないから。結局全部、自分のためだったんだ。

「私本当は、全然しっかりしてないの。頼りになるってみんなは思ってくれてるけど、違うんだ。家ではいつもぐうたらしてるし、やらなきゃいけないことは後回しで、だらしなくて、いつもお母さんに怒られてる。クラスをまとめるなんて本当は苦手だし、クラス旗係だってやりたくて手を挙げたわけじゃない。本当は千穂のほうがずっとしっかりしてるし、菜々子だって私よりずっと素直で、いつも自分の気持ちを真っ直ぐぶつけてくる。それに比べて私は、ただ……弱いだけなんだ」

ただ、みんなの色を見て、みんなの感情に従っていただけ。本当は、色が見えないと何もできない、大切な友達に自分の本音さえ言えない情けない人間なのに。

「だったら、雨沢の気持ちを全部ふたりに言えよ。ちゃんと自分の口から。ふたりが話してたことだって、何か理由があるかもしれないだろ？」

「でも、今さら本音をさらけ出したって、余計に嫌われるだけかもしれないし……」

「そんなんで離れていくような友達ならいらないだろ。まぁ、あいつらがそうだとは思えないけどな」

私も、千穂と菜々子はそういう子じゃないって思ってる。だから、ふたりを信じたいけど。

「不安なら、練習すりゃあいいじゃん」

「……え？　練習？」

「そう。ふたりに言う前に、俺で練習」

そう言って里美くんが微笑むと、なぜだか胸がキュッと締めつけられた。分からないけれど、なんだか不思議な感覚だ。

「なんでもいいから言いたいこと言えよ」

「でも……何言っても怒らない？」

「嫌いって言われてんだから、今さら怒るわけないだろ」

「わ、分かった。じゃあ、言うね」

鼻からスッと息を吸い込んでから、私は目の前にあるカップを強く握ったまま、口を開いた。

「私、本当はクラス旗係なんてやりたくなかったし、しかも里美くんが手を挙げた時なんて、ほんと絶望だった。里美くんだけは嫌だって思ってたから」

「へぇ〜、それで？」

「係が一緒になってはじめてちゃんと話したけど、やっぱり空気読めないし、なんでもズバズバ言うから苦手だって思った。しかも美術館に行った日なんて最悪で、勝手に行き先決めちゃって散々振り回すし」

「それから？」

「デザインのことだって、私が本当は手形のデザインにしたいって思ってること言い当てちゃうし。そういうところすごいと思うけど、なんかムカつく。あと、無駄にイケメンなところも」

「無駄って、まぁいいや。あとは？」

「あとは、最初は最悪だって思ったけど、里美くんが相手だと、なんでか本音を言っちゃって、だから里美くんと話してるのはすごく楽だった。それからあと、里美くんが描いた絵は……すごく好き」

言い終わると、なぜだかまた涙がじわりとこみ上げてきた。

「そっか。ありがとな」

ただ言いたいことを言っただけで、その中には結構失礼なことも含まれていたのに、里美くんは笑ってくれた。

「私、千穂と菜々子にも、言えるかな……」

「こうやって俺に言えたんだから、言えるだろ。雨沢が本音をぶつけたいって思ってるなら大丈夫。大事なのは、自分はどうしたいかっていう雨沢の気持ちなんだから」

「私の、気持ち……」

涙でぐにゃりと視界が歪む。

本当の気持ちを見せた時に、それでもふたりはそばにいてくれるだろうか。そう一瞬考えたけれど、答えをふたりに押しつけるんじゃなくて、私がそうしてほしいということを伝えなければ意味がない。

私が、私自身の言葉で。

「里美くん、聞いてくれてありがとう。私、ちゃんと話してみる」

「あぁ。そのほうがいい。じゃあ、あとで連絡しろよ。俺も学校向かうから」

「うん。あの、莉子さんとマスターにもお礼を伝えといてくれる？」

「了解。お節介なふたりに言っとく。頑張れよ」

自分では気づいていないみたいだけれど、里美くんも結構お節介だ。もちろんいい意味で。そう思いながら少しだけ笑みをこぼした私は、学校へ向かうべく喫茶店をあとにした。

再び電車に乗って五駅。ホームでスマホを確認すると、すでに授業は終わっている時間で、帰りの準備が早い生徒はもう学校を出ている頃だ。千穂は部活があるから大丈夫だけれど、菜々子はどうだろう。

さらりとした秋の風を頬に感じながら小走りで学校へと急いでいると、同じ学校の生徒が数人正面から歩いてきた。流れに逆らって走る私を、チラチラ見ていた気がするけれど、そんなことはどうでもいい。

もし菜々子がすでに学校を出ていたとしても、駅へ真っ直ぐ伸びているこの道ですれ違うはずだ。寄り道していなければの話なので、とにかく急ごう。

駅に向かう生徒の間を抜けながら走る速度を上げると、少し先にミルクティーベージュのふんわりとした髪の毛が見えた。

「菜々子！」

余計なことを考える前に、勝手に口が動いていた。私の声を聞いた菜々子は辺りをきょろきょろ見回し、私を見つけて視線を止める。

「花蓮？」

走って近づいた私に、菜々子は目を丸くする。私はそんな菜々子の両腕を掴んだ。

「菜々子、あの……私……」

焦燥感に駆られていて気づかなかったけれど、自分で思うよりもずっと急いで走っていたようで、息が切れて上手く話せない。

「ちょっと花蓮、どうしたの？　体調は？」

「私、あのね……」

「一回落ち着いて、深呼吸、深呼吸」

菜々子を真似て一緒に深く息を吸い込むと、乱れた呼吸が次第に整ってくる。

私を見つめる菜々子から灰色が見える。心配とか不安とかそんな感情だと思うけれど、本当のところは分からない。だから、私はそれを見ないようにした。

「菜々子に、話したいことがあって」

「それはいいんだけど、体調悪いんでしょ？」

当然の疑問を投げかけられた私は、わずかに唇を噛んでから軽く首を振った。

「違うの。体調悪いっていうのは嘘で……全部聞いてほしくて、千穂にも……」

上手く言葉を繋げられない。こんなんじゃ何を言っているのか伝わらなくて、菜々子を困らせるだけだ。

「そっか、体調悪くないならよかった。よし、じゃあ一緒に千穂のところに行こ」

不安を覚える私をよそに、菜々子が私の手を握っていつもの可愛い笑みを浮かべた。

その手があまりにも温かくて、「ありがとう」と小さな声をこぼした途端、泣きそうになった。菜々子の手は、私なんかよりもずっとしっかり者で、優しい手だ。

「千穂は部活だけど、その前に提出物がどうとか言ってたから、もしかするとまだ行ってないかも」

菜々子と一緒に学校に戻ると、東棟の下駄箱からは下校する生徒が大勢流れ出てくるけれど、私たちは校舎には入らずそのまま体育館へ向かった。

西棟の裏にある体育館には女子バスケ部の姿がちらほらあった。でも、その中に千穂はいない。

「やっぱまだ教室かもね、行ってみよっか」

「うん」

ふたりで体育館の入り口から離れると、

「花蓮？　ちょっと、何やってんの」

ジャージ姿の千穂がちょうど西棟から出てきた。

「てか、なんでいるの？」

驚いた顔を見せる千穂に不快な色はない。でも、疑いの色は少しだけ見えた。それだけで体がすくんでしまいそうになるけれど、ここまで来て後戻りはしたくない。

「ごめん千穂、部活の前に少しだけいいかな。話したいことがあって」

「分かった。提出物があるから少し遅くなるって先輩には言ってあるし、少しならいいよ」

即答してくれた千穂だけれど、正直、ふたりが私をどう思っているのか、話をしたところでどう思うのか、怖くてしかたがない。それでも、ふたりを信じたいという気持ちだけが今の私を動かしている。

三人で体育館を離れ、中庭に向かった。ふたつの校舎の間にある中庭は緑が多く、晴れた日の昼休みにお弁当を食べるとちょっとしたピクニック気分も味わえて、いい気分転換にもなる。

特に春や秋など過ごしやすい時季は人気の場所だけれど、そのまま寝てしまう生徒も結構いるらしい。今も、中庭にいくつかあるベンチにはカップルっぽい男女や、帰る前に少し話をしているグループなど数人の生徒の姿が見える。

ちょうど木陰にある白いベンチが空いていたので、私が真ん中で右に千穂、左に菜々子という形で座った。入学して初めて中庭でお弁当を食べた時も、このベンチに座ったのを覚えている。もちろん千穂と菜々子も一緒に。ふたりも、覚えているだろうか。

ようやく秋めいてきた木々の葉が、風にのってはらはらと落ちた。

あとひと月もすれば、この場所で綺麗な紅葉が見られるかもしれない。その時も、三人で一緒にいられたらいいな。今と変わらず笑い合えたら。

「ふたりとも、急にごめんね。あの、私、ふたりに聞きたいことがあって……」

やっぱり色を見ていないと不安で上手く喋れないけれど、自分の言葉で伝えるために、視線を足元の芝生に落としたまま続けた。

「昨日の放課後、ふたりが話してるのを偶然聞いちゃったんだ。ごめん、私……」

「昨日？」

すぐに思い出せないのか、菜々子は首を傾げたけれど、千穂はすぐに気づいたようだ。

「教室で話してた時かな？　それがどうかしたの？」

「うん。あのね、その時に……」

中学の時に聞いてしまった会話が脳裏をよぎり、言葉に詰まった。でも言わなきゃ、ちゃんと自分の気持ちを。

「私のこと、何考えてるか分かんないとかって言ってたの、聞いちゃったんだ。ごめん」

「あぁ、あれね。確かに言ったけど」

「私、どうしてそんなこと言ってたのか、ふたりの本当の気持ちが知りたくて……」

怖くないわけじゃないけど、ふたりを信じたい。

「もしかして勘違いさせちゃったのかもしれないけど、あれは花蓮が嫌で言ったわけじゃないよ。花蓮って、いつもまわりの空気を読んでみんなに優しく接してたでしょ？　でも、それって花蓮の本当の姿なのか分からなくなる時があってさ」

「あたしも、無理して笑ってるように見える時があったから、花蓮があたしのこと本当はどう思ってるのか不安になる時がたまにあるんだよ」

実際私はいつも本音を隠していたから、ふたりがそう思ってしまうのはあたり前だ。

ふたりは何も悪くない。

「私も、花蓮は全然私たちを頼ってくれないから、実はちょっと寂しかったんだよね」

「……え？」

「そうそう。悩みとか何も言わないから、だからあの時ふたりで話してたんだよね、千穂」

菜々子が千穂に目を向けると、「うん」と答えた千穂が私の肩にそっと手を置いた。

私は下げていた顔を上げ、千穂を見つめる。

「だから言ったの。花蓮は空気を読むのが上手すぎて、ちょっと——心配だよねって」

そう言って、千穂が柔らかく微笑んだ。

「そうだよ。まわりに気を使いすぎてる感じがするから、せめてあたしたちには弱音吐いたりしてもいいのにって。ていうか、あたしたちが喧嘩ばっかりしてるから、花蓮は言えないのかもって反省したんだ」

その言葉を聞いた私は、泣かないようにとグッと唇を噛んでうつむいた。

一瞬でもふたりを疑ってしまった自分が情けなくて、だけど、私のことを思ってくれているふたりの本音を、色じゃなくてちゃんと言葉で知れたことが、何より嬉しいと心から思えた。

ふたりが正直な気持ちを打ち明けてくれたんだから、今度は私の番だ。自分の言葉

「ごめんね、私、ふたりがそんなふうに思ってたなんて全然分からなくて。でも、話してくれてありがとう。今度は私が本当の気持ちを言うから、聞いてほしい」

で伝えなきゃ。

「もちろん、聞くよ」

「あたり前じゃん。なんでも言って」

千穂と菜々子にそう言われた私は、立ち上がって座っているふたりの前に立った。不安で押し潰されそうになる胸に両手を当て、顔を上げる。

「私、中三の時に色々あってから、友達に自分の気持ちを言うのが怖くなっちゃったんだ。人の顔色ばかり見て嫌われないように怯えて、そうしているうちにどんどん本音が言えなくなっていったの。だから、千穂と菜々子と一緒にいる時も、私はふたりの顔色ばっかりうかがってた。もちろん一緒にいる時は楽しくて、それは嘘じゃないけど、でも言いたいことは全然言ってなかったんだ。だから……」

里美くんに本音をぶつけた時と同じように、スッと息を吸い込んだ。そして、ふたりの目を交互に見つめてから口を開く。

「……私、本当はクラス旗係に立候補なんてしたくなかった。それからこの前、陽菜香の本を返しに行った時も、なんでこんなことしてるんだろうって自分が嫌になって、陽菜香にも本当はそれくらい自分で返しなよって言いたかった。基本的にうちのクラスはまとまりがないし、一部の男子が授業中も騒がしくてちょー迷惑だって思ってる！」

一度息を整えると、ふたりの目が点になっていることに気づいたけれど、それでも私は止めずに続けた。

「それから……千穂は言い方がキツイ時がたまにあって、千穂の言ってることが正しいのは分かるけど、そういう言い方だと相手に誤解されることもあるだろうから気をつけたほうがいいと思う。菜々子はすぐ好きな人ができてすぐ飽きちゃうから正直心配だし、色んなことに対して文句が多すぎるし、買い物も長すぎる。あと、すぐ言い合いになるふたりの間を取り持つのは、正直言ってしんどい！　たまにならいいけど二日に一回険悪な雰囲気になるのはやめてほしい！　せめて週一にして！」

今までずっと本音を隠してきた奴が何言ってんだって思われるかもしれない。それでも私は、自分自身の言葉を紡いだ。

「……だけど、千穂はいつも私や菜々子のことを気にかけてくれる優しい子で、菜々子はいつも素直で明るくて、そういうふたりが……」

まだ泣いちゃ駄目だと必死に言い聞かせたけれど、ぽろりと一筋の涙が頬を伝った。

「私はそういうふたりのことが……大好きなんだ。千穂と菜々子と、ずっと、ずっと友達でいたい。だから――」

息つく間もなく吐き出したところで、千穂が突然「プッ」と噴き出した。それに続いて今度は菜々子もクスクスと笑い出す。しまいにはふたりで声を出して笑いはじめた。

「あの、千穂、菜々子……？」

泣きながら戸惑う私の前で、ふたりは笑顔を見せている。

「いいね、そういう花蓮、私は好きだよ」

「あたしも。言ってくれないと分かんないこともあるからね」

「菜々子の買い物が長いは、私も同感」

「え〜だって優柔不断なんだからしかたないじゃ〜ん」

千穂と菜々子がそう言って笑みを浮かべた瞬間、私は思わず「えっ!?」と声をあげ、目を丸くした。そして、息を呑む。

――消えてる……。

私の目に映るふたりから、さっきまで見えていた色が消えていた。莉子さんと同じで、感情の色が何も見えない。

千穂と菜々子の顔を交互に何度も見た私は、両手で自分の顔を覆った。抑えきれない涙が堰（せき）を切ったように溢れ出してしまったから。

どうして？　そう考えても理由はやっぱり分からない。

けれどひとつだけハッキリしているのは、明るい色を見るよりも、今のふたりの言葉のほうが、ずっとずっと嬉しいということ。

「えっ、ごめん、なんか私たち変なこと言った？」

「やだ、買い物なるべく早くするから、ごめん。花蓮泣かないで〜」

千穂と菜々子が焦りを見せると、私は大きく首を横に振った。

「違うの。私、嬉しくて……。ふたりともありがとう。これからは間違ったこととか言うかもしれないし、空気読めないこともあると思うし、ふたりを怒らせちゃうこともあるかもしれないけど、でも」

「そんなの、別に普通でしょ。そうなったら、いつも菜々子にしているみたいに私が注意するだけだよ。たったそれだけのこと。花蓮が間違ってたら間違ってるって言うし、逆に私が変なこと言ったらそれはちゃんと言ってほしい。ムカついたから友達じゃなくなるとか、そんなわけないじゃん」

「千穂……」

「そうそう。私なんていっつも千穂に怒られてるんだから。それでも千穂のこと大好きだもんね。もちろん花蓮も」

「まぁ、全員が全員そうはいかないよ。人間なんだから苦手な人もいるし、仲良くなれない人もいる。だけど菜々子と花蓮は私にとってそうじゃないって思ってるから。

なんていうか、家族に似てるのかもね。怒ったり喧嘩したりしても見捨てるなんてことはないし、なんだかんだずっと一緒にいる、みたいな。私もふたりにとってそういう存在になれたらいいなと思うし」

「あたしと千穂の言い合いも、ずるずる何日も引きずることはないし、花蓮は気にしなくていいよ。ていうか、あたしたちの喧嘩がうるさいと思ったら、うるさいって言っていいから」

いい加減泣きやもうと思っているのに、千穂と菜々子の言葉が私の涙腺をどんどん弱らせていく。

「ありがとう、ほんと……ありがとう。私が間違ってたら怒っていいから、だから、ずっと友達でいたい」

両手を解いた私は、潤んだ瞳をふたりに向けながら震える声で伝えた。すると「あたり前じゃん」と声を揃えたふたりの目にも、涙が浮かんでいるように見える。

中庭に伸びる校舎の影が私たち三人を覆い、西日が校舎のうしろに落ちようとしていた。

「よし、私はそろそろ行かないと！」

しんみりした空気を変えるように、千穂が声をあげて立ち上がった。

「部活なのにごめんね」

「私がいいって言ったんだから気にしないで。花蓮が自分の気持ちを話してくれて嬉しかったよ」

「あたしもだよ」

「ふたりとも、ありがとう」

色が見えなくなった千穂と菜々子の目を見つめると、鞄の中でスマホが鳴った。里美くんからの【美術室にいる】というメッセージだった。

「私、美術室に行かなきゃ。クラス旗明日までなのに、実は全然できてないんだよね。自分の気持ちが言えなくて、なかなか進められなかったから」

早速本当のことを打ち明けると、千穂と菜々子は顔を見合わせて笑った。

「クラス旗係、頑張ってよ。困ったらいつでも言って」

「あたしも、色塗りくらいは手伝えるからね」

「うん。最初は嫌々だったけど、今は最後までちゃんと仕上げたいって思ってるから、頑張るね」

最後にもう一度「ありがとう」と告げると、千穂はスッキリした顔で部活に向かい、菜々子はなんだか嬉しそうに足元を弾ませながら帰っていった。

ふたりを見送った私はすぐに西棟に入り、美術室へ急ぐ。

美術室では、各クラスの旗係が最後の仕上げに追われているようだ。

「遅くなってごめんね」

「いや、別に」

少ない言葉を交わした私は、いつも通り里美くんの正面に座った。ふたりの間には、真っ白いままの旗が置いてある。

「その様子じゃ、大丈夫だったみたいだな。さっきと別人みたいな顔してるし」

「えっ？」

右手で自分の頬を触ってみた。見た目に変化はないと思うけれど、学校を早退した時と今とでは、心の中で感じる気持ちはまったく違う。そういう私の内面が、里美くんには分かるのだろうか。

『言いたいことハッキリ言うし、思ってることもろ顔に出るし、何も考えてなさそうで実はちゃんとまわりを見てるっぽいし』

菜々子の言っていたこの言葉の意味が、ようやく分かったような気がした。里美くんは自分のことしか考えていない空気の読めない奴なんかじゃなかったし、菜々子や千穂のほうがずっと、里美くんという人間を理解していた。

私は相手の感情が見えてしまうからこそ、常にその色に囚われ、色でしか判断できていなかった。だから、色の見えない里美くんのことが怖くてしかたがなくて、ちゃんと見ようとしていなかったんだ。

「あのさ、さっきはありがとう。千穂と菜々子にちゃんと自分の気持ちを言えたのは、里美くんが背中を押してくれたからだと思う」

自分の気持ちは二の次で、まわりを優先させなきゃいけない場面ももちろんたくさんあると思うけれど、本当に大切なことに対しては正直でいたい。そう思わせてくれたのは、里美くんなのかもしれない。

私をわざと笑わせたり怒らせたりして腹が立つこともあったけれど、そうやって里美くんと接している時の私は他の何者でもない、本当の私だったから。

「俺は別に何もしてないけど。で、雨沢が正直な気持ちを伝えて、それでふたりは？」

「うん。何も考えずに、ただ伝えたいっていう気持ちだけで本音を言ったら、ふたりは私のことを心配してくれてて、今までどれだけ自分が本音を隠してい――」

そこまで言って、私は言葉を止めた。

ずっと気になっていたけれど、答えが見つからなかったこと。それがひとつずつ浮かび上がり、パズルのピースを埋めるように繋がっていく。

自分の弱さや悩みを打ち明けた途端、莉子さんの色が見えなくなった。自分の気持ちを正直に告げて顔を上げたら、千穂と菜々子の色が見えなくなっていた。

それってつまり……色を気にすることなく、本音を伝えたから？　そうすることで、相手の色が見えなくなる？　だとすると……。

食い入るように見つめる私に、眉を寄せる里美くん。

「なんだよその顔。あんまり見るな」

私の視線に耐えられなくなったのか、里美くんは少しだけ耳を赤くしながら怪訝な面持ちで目を逸らした。それでも私は、里美くんを凝視し続ける。

莉子さんと千穂と菜々子、三人の色が突然見えなくなったことに共通しているのは、私が本音を伝えたという部分だけだ。それなら、家族の色が見えないことへの説明もつく。というかむしろ、それ以外には考えられない。

でも、だとするとおかしい。私が里美くんとまともに話をしたのは、クラス旗係になってからだ。それまではほとんどかかわることがなかった。というか、私が避けていた。色の見えない里美くんは、何を考えているのか感情が分からなくて怖かったから。

途中で見えなくなったのならまだしも、なぜ最初から見えなかったのだろう。この高校で唯一、里美くんだけ。

高校の中で、他の生徒と里美くんとの違い……。

顎に手を当て、眉間にしわを寄せながら思考する私の脳内で、パチンと光が弾けた。

「同じ小学校！」

右手の人差し指をピンと立てながら、閃いた言葉をなんの脈略もなく口に出すと、里美くんは「は？」と言って首を傾げた。

高校生になったらすべてをやり直したい。今度こそ友達とうまくやっていけるようにリセットしたいと思っていた。だから私は、同級生が誰も行かない遠くの高校を受験した。その中で唯一、同じ小学校に通っていたのは里美くんだけだ。

けれど同じクラスになったのは小学五年の時だけで、しかも里美くんは一学期を終えた時点で転校してしまったから、正直なところあまり覚えていない。でも、里美くんの色が見えないのは、きっとそれが要因なのではと思った。

なぜなら、当時の私は今の里美くんとなんら変わらなかったからだ。

言いたいことはハッキリ言うし、空気を読むなんてこともなかった。子供だったからなのかもしれないけれど、特に何も考えず、ありのまま本音で生きていた気がする。

その中で、今日のように何かしらの本音を里美くんに伝えていた瞬間があったとしたら、最初から里美くんの色が見えなかったことの理由になるのではないだろうか。

「あのさ、里美くん、私と同じ小学校だったのって、覚えてる？」

恐る恐る聞いてみると、里美くんは一瞬私に視線を向けて、

「覚えてるに決まってるだろ」

と答えた。

「もしかしてさ、その時、私がなんか里美くんに言ったりしたのかな」

それも、あたり前のように交わす挨拶や言葉じゃなく、何かもっと大切な本音だ。今日のように自分の心の中をさらけ出し、相手に伝えたいという強い思いで言った本音を。

「やっぱ覚えてないのかよ」

そう呟きながら、里美くんは机の上にのせた両腕に顔をうずめた。

気まずい空気が漂う妙な沈黙の中で、パッと顔を起こした里美くんが私を見上げる。

「俺にとっては結構重大なことで、人生の分岐点って言ってもいいくらいだったんだけどな」

何かを思い出すように微笑を浮かべた里美くんは、その笑みの中にある過去を、私に語りはじめた——。

第五章　雨上がりに咲く花

この世界は、目が回るほどカラフルだった。

俺がそのことを知ったのは、小学四年生の夏休みの終わり。お父さんが、見知らぬ女の人を連れてきてから半年くらい経った頃のこと。

「お父さん、幸子さんと結婚しようと思うんだけど」

なんとなくそんな予感はしていた。前から知り合いだったのかは分からないけど、幸子さんが時々家に来るようになってから、なんだかお父さんは嬉しそうだったから。クラスでも誰が誰を好きだとかそんなくだらない話をしている女子もいるし、まだ十歳とはいえさすがにお父さんが幸子さんを好きなんだろうなということくらいは分かる。

「蒼空はどう思う？　いいかな」

不安そうな顔でいいかと聞かれたら、嫌だなんて言えるはずがないし、実際嫌だというわけじゃなかった。だから俺は、「いいよ」って答えたんだ。

俺は、お母さんの顔を知らない。物心ついた時にはお父さんとふたりだったし、たまに、というかほぼ毎日おばあちゃんが俺の面倒を見てくれていた。

お父さんは仕事をしているからしかたのないことだし、休日には必ず俺とずっと遊んでくれるから、すべてをおばあちゃんに丸投げしているわけでもない。学校の行事もちゃんと見に来てくれる。

それに、お父さんは仕事が終わったらほぼ真っ直ぐ家に帰ってくる。飲みに行って遅くなったりすることもない。『息抜きはちゃんとできてるのかねぇ』と、おばあちゃんが心配するくらい真面目で、いつも俺のことを一番に考えてくれている。つまり、お父さんは俺にとって、とてもいいお父さんだ。それだけは間違いない。

お母さんがなぜいないのか、今のところ『事情があって、いなくなった』としか伝えられていないけど、多分もう少し大きくなればちゃんと教えてもらえるだろうし、別に知らなくてもいいかなと思う。これからも、お父さんとふたりでいられれば。

だけど四年生になってから、お父さんの帰りが少し遅くなる日が増えた。それでも俺のことはちゃんと気にかけてくれるし、休日に遊んでくれるところも変わらない。でも、なんだか様子が変だった。

その答えが分かったのが、六月のある日。毎日雨続きで、この日も雨が降っていて外に遊びに行けないし、なんだかじめじめして嫌だなぁと思っていた。

「蒼空くん、初めまして」

幸子さんは、そう言って玄関先で微笑んだ。

外はザーザーと大きな音を鳴らして雨が降っているのに、嬉しそうに笑っている幸子さんとお父さんのことが、俺はとても不思議でしかたがなかった。

幸子さんはお父さんよりもひとつ下の三十九歳らしいけど、お父さんよりずっと若く見えた。

いつも柔らかい表情をしていて、笑うと目尻が下がって、話し方もすごく穏やかだ。料理も上手で時々お菓子も作ってくれて優しくて、だから俺は、幸子さんが来るのは嫌じゃなかった。

幸子さんがいる日はハンバーグとかグラタンとか、なんだか分からないけど美味しい料理がいっぱい出てくるから、嬉しかった。もちろんおばあちゃんが作る料理も大好きだから、ふたりの料理が食べられる俺は、二倍幸せだ。

それに、何よりお父さんが嬉しそうにしていることが、一番嬉しい。

だけど、そんな日々の中で少しだけ空気が変わったのは、夏休みの宿題を終わらせた八月上旬頃。

「初めまして!」

俺の目を真っ直ぐ見て、すっごく大きな声でそいつは言った。顔は幸子さんとなんとなく似ている気もするけど、声は全然似てない。

「あなたが蒼空くん?　私は莉子。よろしくね!」

とにかくハキハキしたデカい声で、手を差し出された。だけど、手を握るのはちょっと照れ臭い。どうしたらいいのか分からずにいると、莉子は俺の手を無理やり掴んで無理やり握手をしてきた。

「ごめんね、ビックリしたよね。莉子はちょっと元気がいいっていうか」

幸子さんが申し訳なさそうにしているので、俺は「いえ」と言って首を横に振った。

「蒼空くん十歳だよね？　めっちゃ可愛いんですけど！　ぶっちゃけモテるでしょ？」

俺の手をブンブンと上下に振り、しまいには俺のほっぺを指先でぷにぷにと押してきた。さすがに嫌だったので手を離し、少しうしろに下がる。

「ほっぺ柔らかっ！　交換してほしいわ〜。私十四歳だし、思春期じゃん？」

――いや、知らねぇし。

「だから最近ニキビ増えてきちゃってほんと最悪。まぁこれも成長だし、友達もみんな同じだから受け入れてるけどね。ていうか夏休みの宿題終わった？　終わってないなら手伝ってあげるけど」

「……終わった」

「え〜⁉　今時の小学生って、こんな早く終わらせるの？　夏休みギリギリになって焦るとかないんだ？　でもね、それは今だけだよ。中学生になったら信じられないくらい夏休みの宿題多いからね。小学生に戻りたいって何度思ったことか……」

俺は、終始ポカンと口を開けたまま、ひとりでずっと喋っている莉子を見ていた。

そんな俺たちの様子がおかしかったのか、お父さんと幸子さんが声を出して笑った。

莉子は幸子さんの子供なのに、全然似ていない。穏やかさの欠片もないけど、明るいし面白いなとは思う。ちょっとうるさいけど。

莉子も、幸子さんと一緒に時々家に来るようになった、そんなある日。学校が終わって遊びに行っていた俺が、いつも通り夕方五時のチャイムが鳴って家に帰ると、幸子さんと莉子がいた。でも、お父さんの姿はない。おばあちゃんもいない。

「あれ？　お父さんは？」

「まだ帰ってないよ。おばあちゃんも出かけるって」

莉子に言われた。でも、お父さんがいないのにこのふたりが家にいるのはどうしてだろう。いつもはお父さんがいる時にしか来ないのに。聞きたいけど聞けない俺は、とりあえず二階にある自分の部屋に行った。

でも、宿題はもう終わってるし、やることがない。テレビはリビングにしかないし、ゲームをやっていいのは休日だけだ。それはゲームを買ってもらう時のお父さんとの約束だから、やぶるわけにはいかない。

しかたなく部屋を出た俺は、そっと階段を下りてリビングを覗く。幸子さんと莉子が、キッチンで何かを作っていた。楽しそうに、笑いながら。

よく分からないけど胸の中がモヤモヤして、心臓の辺りにギュッと変な痛みを感じた。

声をかけたらいけない気がした。幸子さんは莉子のお母さんだから、俺がふたりの間に入るのはなんか違う気がする。楽しそうにしているふたりの邪魔をしちゃいけない気がした。お父さんと幸子さんが話している時も、同じように思ったことがある。

俺は〝違う〟んだから、入っちゃ駄目なんだと。

自分の家なのに、俺は足音を立てないようにして二階の部屋に戻り、呼ばれるまでずっと、寝ているふりをした……──。


「お父さん、幸子さんと結婚しようと思うんだけど。蒼空はどう思う？　いいかな」

お父さんにそう言われた俺は、ずっと胸の中にあったモヤモヤした気持ちを、無理やり奥底に押し込めた。そして、蓋をした。お父さんのために。お父さんには笑っていてほしいから。

「いいよ」

顔を上げて答えると、お父さんは嬉しそうに笑ってくれた。その隣で、幸子さんもいつものように優しく微笑んでいた。

だけど、俺は見たんだ。その瞬間、幸子さんのまわりの空気が突然明るいオレンジや黄色に染まるのを。

「えっ？」

驚いて目を丸くすると、「どうかしたの？」と不安そうに幸子さんが声をかけてくる。すると今度は、オレンジに少し灰色が混ざった。その灰色が少しずつ広がっていくのを見た俺は、太陽が暗い雲に覆われるような不安に襲われて、咄嗟に首を振る。

「な、なんでもないよ」

だから俺は、笑ったんだ。不安でしかたないのに、無理やり笑顔を貼りつけた。そうしたら、莉子さんは安心したようにまた微笑んで、色ももとの明るさを取り戻した。

これでいいんだ、笑うのが正解だったんだと理解した。

それからだ。人のまわりに色が見えるようになったのは。でも、全員じゃない。お父さんやおばあちゃん、それに今のクラスメイトはほとんど見えないけど、知らない人や、学校でも顔は知っているけど喋ったことがない生徒の色は見えた。あと、幸子さんと莉子の色も、見える。

色がその人物の感情を表しているのかもしれないと気づいてから、俺は自分の気持ちを正直に言わなくなった。

もともと底抜けに明るいわけでも、誰とでも気さくに話せるような性格でもなかったけど、今まで以上に俺はあまり自分の意見を言わなくなった。

五年生になってクラス替えをしてからは、もっと最悪になった。クラスメイトの半分くらいが、今まで喋ったことがない奴ばかりだから、そいつらの色が見えてしまう。

教室の中にたくさんの色が混ざっていて、ごちゃごちゃしていて気持ち悪い。

でも、その見える色を無視できなかった。学校ではとにかく気を使って、困っていそうな奴がいたら声をかけたり、クラスの空気を読んで過ごした。だからか、面談の時に先生が言ったらしい、『蒼空くんは、気遣いの塊です』って。

でも俺が本当に気遣いの塊になるのは学校じゃなく、家の中だ。

お父さんとふたりの時はそんなこと考えもしなかったのに、幸子さんがお母さんになって、莉子がお姉ちゃんになり、家の中がすごく賑やかになってから、俺は怖くなった。この幸せが壊れてしまったらと思うと、怖くてしかたがなかったんだ。

お父さんは本当のお父さんだから、俺が何を言ったって親子じゃなくなることはない。だけど、幸子さんは違う。俺が生意気なことを言ったり反抗したりしたら、きっと嫌われてしまう。俺が嫌われたら、幸子さんはこの家を出ていってしまうかもしれない。そうしたら、悲しむのはお父さんだ。

だから俺は、家の中で常に幸子さんや莉子の色を見るようにした。色を見て、その時の感情に合った言動を心がけるようにした。

「蒼空ってなんか子供らしくないよね。素直に勉強もするし、家の手伝いもするし、偉すぎない？」

ご飯を食べ終わってリビングでくつろいでいる時に、莉子が言ってきた。疑っているのかもしれない。莉子に嫌われるのも駄目だ。莉子がこの家にいたくないと幸子さんに言ったら、きっとふたりは出ていってしまうから。

「別にそんなことないよ。みんな宿題とかちゃんとやってるし。ていうか、俺もたまに忘れちゃう時あるけどね」

とりあえず、アハハと笑ってみせた。キッチンにいる幸子さんにちらりと目線を向けると、幸子さんは料理に夢中でこっちを見ていない。

子供らしくしながら気を使うのはすごく難しいけど、嫌われたくないから、俺はいつも笑っていた。

お父さんのためというのもあるけど、多分、俺が幸子さんにお母さんでいてほしいと思っているからだ。だから、俺は自分の本音を言えずにいた。

本当は『お母さん』と呼びたいこと、ずっとこの家にいてほしいということを。本当のお母さんはいないのがあたり前だったから何も思わなかったけど、幸子さんがいなくなったら、俺は多分泣く。

だからいい子でいなきゃいけないと思っているけど、時々、自分が自分じゃないなと感じることもある。思っていることと違う言葉を口に出したり、笑いたくないのに笑ったり、不安なのにその気持ちを言えずにいたりすることが苦しくて、どうしようもなかった。

お父さんと幸子さんが結婚してから十ヶ月。七月に入った時、お父さんから仕事の都合で一学期が終わったら引っ越さなければいけないと言われた。もちろん家族全員で、おばあちゃんも一緒だ。

来年は六年生だから、本当は通い慣れた学校が変わるのは嫌だった。友達と別れなきゃいけないのも嫌だ。でも、俺は反論することなく素直に受け入れた。転校の話をした時、幸子さんが不安そうにしていたからだ。

転校しても、多分友達はできる。色が見えているから相手の気持ちはなんとなく分かるし、嫌われることはないだろう。

どこへ行ったって、俺は同じだ。本当の気持ちに蓋をしたまま、家族に嫌われないように空気を読んで、いい子でいるだけ。そうすれば家族みんな仲良くいられる。

五年の一学期が終わるまであと一週間。つまり、この町にいられるのもあと一週間。この日の最高気温は今年一番の暑さで、帰ってくるだけで汗だくだった。

家に入ると、いつもいるはずの幸子さんはいなかった。ちょっとだけ胸が騒いだけど、リビングのテーブルの上にある【買い物に行ってくるね】というメモを見て、ほっとする。

着替えをした俺は、脱いだ服を洗濯物のカゴに入れ、カラになった水筒にお茶を足した。一度部屋に戻って今日の分の宿題をやり終えてから、近所の公園に向かう。

友達とは約束しているわけじゃなくて、公園に行けば誰かしらいるからいつも適当に遊んでいるのだけど、この日は珍しく誰もいなかった。いや、人はいるけど仲のいい友達はひとりもいないと言ったほうが正しい。

とりあえず、俺はジャングルジムの一番上に登った。でも正直登り飽きているし、ひとりだとやることがなくてどうしていいのか分からない。それなのに……。

こうしていると、心がすごく軽くなったように感じるのは、なぜだろう。喋る相手もいないし、ただぼーっとしているだけなのに、タンポポの綿毛みたいに気持ちがふわふわする。空を仰ぐと、晴れ渡った青空からじりじりとした熱が降り注いでくるのに、不快じゃない。

あぁ、多分俺は、ひとりが好きなんだ。友達と騒ぐのも嫌いじゃないけど、ひとりのほうが落ち着く。

カラフルな世界の中で、見える色に気を使いながら過ごすよりも、ジャングルジムの一番上で、ただひたすら何も考えずに空の青色だけを見上げているほうが好きだ。

この時間がずっと続けばいいのにと思う。

「あれ？　里美くんだ」

だけど、そんな俺の束の間の安らぎを壊す声が下から聞こえた。

五年で初めて同じクラスになった、雨沢……花蓮？

雨沢は、ジャングルジムを登ってきた。だけど下手なのかなんなのか、随分と危なっかしい登り方だ。

見ているこっちがヒヤヒヤするなと思いながらも、なんとか俺のいるてっぺんまで登ってきた雨沢は、俺を見て満面の笑みを浮かべた。

額に汗をいっぱいかいている雨沢の色は、太陽みたいに明るいオレンジだ。

「ひとりで何やってんの？」

「ただぼーっとしてただけだよ」

「楽しい？」

「え？　あ、いや〜まぁ、普通かな」

ジャングルジムの上にひとりでいるだけなのに楽しいかなんて、変なことを聞く奴だな。

雨沢に限らず女子とは普段あまり話さないからよく知らないけど、雨沢はすごく明るくて、いつも楽しそうに笑っているイメージだ。色も、いつも明るい。

「もうすぐ引っ越しちゃうんでしょ？」

「うん」

「転校するの、嫌じゃないの？」

「そりゃ寂しいよ。友達と別れたくないし。でもしょうがないからね」

「ふ〜ん。じゃあさ、里美くんて学校好き？」

「え？　うん、好きだよ。毎日楽しいし、クラスのみんなも仲いいからね」

本当はそこまで好きじゃない。というか、カラフルな世界は嫌いだ。みんなは何も見えないから自由気ままにやっているけど、俺は見えてしまうから、みんなに気を使ってしまう。そういう毎日が、嫌でしかたがなかった。

「へ〜。でも、あんまり楽しそうに見えないけどなぁ」

雨沢の明るい色を壊さないように、気を使って楽しいと答えたのに、まさかそんなことを言われるなんて思ってもみなかった。驚いた俺は、口を開けたまま雨沢を見つめた。

「えっと、そ、そうかな？　楽しいよ。毎日すごい楽しい」

とりあえず、いつものように笑ってみせた。口角を上げて目尻を下げて、頬を緩めて。俺が笑えば幸子さんやお父さんは嬉しそうにしてくれるし、心配をかけずに済むから、家ではずっとそうしてきた。だから今も――。

「変なの」

「えっ？」

「里美くんの笑い方、変だよ。全然楽しそうじゃない」

一瞬、頭の中が真っ白になった。

雨沢の色は変わっていないから、心配しているわけでも怒っているわけでも疑っているわけでもなさそうだ。でも、だったらどういう意味でそんなことを言ったんだ？

こんなことは初めてで、どう返していいのかが分からない。

「あの、俺……」

ただ口をもごもごさせるだけの俺を見て、雨沢が笑った。

「別にいいじゃん。学校が楽しくないって思ってる子はたくさんいるだろうし、そう思うのは駄目なことじゃないでしょ。つまんないならつまんないでいいのに、変な顔で無理やり笑うほうがおかしいよ」

雨沢は俺とは正反対で、思ったことをハッキリ言うタイプなんだろうけど、変な顔って言われたのは生まれて初めてだ。久しぶりに、本気でちょっと笑いそうになった。

「新しい学校では、楽しめるといいね」

そう言って、雨沢はまた笑った。本当に、太陽みたいな色で花が咲いたみたいに笑う奴だ。

だけどそうか、今ここで雨沢に何を話しても、俺はあと一週間で転校するんだから雨沢とは会わなくなる。一学期のたった四ヶ月だけ同じクラスだった奴のことなんか、きっとすぐに忘れるに決まってる。だったら……。

「雨沢の言う通り、俺本当は学校があんまり好きじゃないんだ」

「やっぱりね！　わーい、当たった」

雨沢は、クイズに正解したみたいに喜んだ。それはいいけど、両手を離すのは危ないのでやめてほしい。

「でも、なんで楽しくないの？　誰かと喧嘩でもした？」

首を横に振った俺は、空を見上げながら口を開く。

「まわりの人の気持ちが気になっちゃって、自分でいられないっていうか、家族もそうなんだけどさ、本当に思ってることが言えないんだよね」

「どうして？」

雨沢みたいなタイプには、分からなくて当然だ。でも雨沢だけじゃなくて、感情の色が見えてしまう俺の気持ちなんて、きっと一生誰にも分からない。

「なんていうか、嫌われたくないんだ。だから、いっつもみんなの気持ちばっかり考えちゃう。そしたらだんだん自分のことがよく分からなくなってきてさ、友達と遊ぶのがあたり前だと思ってたけど、俺って実はひとりでいるのが好きなのかもって思ったり」

新しい家族に嫌われたくない。俺の居場所がなくなることも、お父さんが悲しむこともしたくない。そうなるくらいなら、本当の自分がどうとかよりも、みんなに好かれる自分でいたほうがいい。

「雨沢は分かんないと思うけど、この世界って結構カラフルなんだよね」

「えっ、何それ。なんかのアニメ？」

「ん、まぁそんなとこかな。見たくない色が見えちゃうっていうか、見えちゃうから自分の気持ちがあんまり言えないんだ」

「よく分からないけど、色が敵ってこと？　だったら壊しちゃえばいいじゃん」

どうやら雨沢は、俺がアニメか何かの話をしていると思っているようだ。そう思ってくれたほうが話しやすいけど。

「そうだね。だけどそんなに簡単じゃないよ」

「そうかな？　簡単だと思うけど。なんか武器とかあれば簡単に壊せるって」

「簡単じゃないよ！　そんな武器なんてないし、言いたいこと言ったら、嫌われるかもしれないだろ」

思わず声をあげてしまい、咄嗟にうつむいた。ジャングルジムの下では、小さい子供が迷路のようにして遊んでいる。それを追いかける母親はちょっと大変そうに見えるのに、笑っていた。

「だけどさ、本当は言いたいから悩んでるんでしょ？　自分はどうせ言えないって諦めてるなら悩まないじゃん。大事なのは、自分がどうしたいかってことじゃない？」

ちょっとだけ驚いた。確かにそうだ、俺は自分の気持ちを言いたくてしかたがないんだ。だけど言えないから悩んでいる。

「じゃあ練習しようよ」

「……え？」

なんだかまたわけの分からないことを言い出した。

「里美くんが言いたいこと言えるように、練習。私に言ってみて。なんでもいいよ、自分がいいたいこととか、俺は本当はこうなんだーって思うこととか」

少し考えたけど、雨沢とクラスメイトでいられるのはあと一週間だけだ。友達に俺のことをあれこれ言いふらしたとしても、引っ越した後はきっともう会わない。

もしいつかどこかで会うことがあっても、同級生にそんな奴いたなーって思うくらいだ。小学五年生の頃に公園でちょっとだけ話したことなんて、すぐに忘れる。

「嫌われるかもしれないって思って言えなかったこと全部、聞いてあげるから。はい、どうぞ」

俺に向かって右手を差し出した雨沢の色は、まだオレンジだ。

「じゃあ、言うよ……」

「うん」

めいっぱい息を吸い込んでから、俺は前を向いたまま吐き出すように口を開いた。

「俺、本当は家の手伝いとかすげーめんどくさいし、宿題も遊びに行って帰ってきてからやりたい。でもいい子だって思われたいから今までちゃんとやってきた。嫌われたくなくて、好きじゃないおかずが出てきても美味しいって言っちゃうから、また同じおかずを出されて困ってる。だから、好きじゃないものは好きじゃないって言いたい。俺、ブロッコリーが苦手で、トマトも無理！」

「うんうん」

「学校の行事はいつもお父さんが見に来るけど、本当はお母さんにも見に来てほしい。莉子が、お姉ちゃんが、無神経でちょっとうるさい」

「うん。それからそれから？」

「あと、学校で話し合いする時にみんな好き勝手言いすぎ。俺が空気読んでまとめようと頑張ってるけど、正直面倒くさい。毎日遊びに誘われるのも面倒。言いたいことをなんでも言える雨沢が、羨ましい！」

「なるほど、それで？」

「あと……あと、お母さんのこと……お母さんって呼びたい……。俺がわがまま言っても、いい子じゃなくても、ずっと俺のお母さんでいてくれるのか……聞きたい。嫌われたくない。でも、自分の気持ちはちゃんと言いたい。こんな俺でも……」

言葉に詰まった俺は、泣かないように必死に唇を噛んだ。

「嫌いになんてならないよ」

雨沢が、足をぶらぶらと揺らしながらそう言って、俺の顔を覗き込んだ。その笑顔に、俺の心臓がドクンと音を立てる。

「私はそういう里美くんのこと、嫌いにならない。だって里美くんが言ったこと、ぜーんぶ私も思ってることだもん。だから、里美くんが言いたいことを言っても、私みたいになんとも思わない人はいるってことだよ」

そう言って笑った雨沢のまわりから、色が消えていることに気づいた俺は、息をするのも忘れるくらい驚いた。

「私、宿題は後回しにするからだらしないってお母さんにいつも怒られるし、嫌いな食べ物もちゃんと食べなさいって言われるけど、食べられないものはしかたないじゃんって思うし、私もブロッコリー嫌い。あと、クラスが騒がしいのは確かにそう思う。特に男子がくだらないことでいつも騒ぐよね。あとは、私もひとりで遊ぶの結構好きだよ」

一生懸命話す雨沢の色が、お父さんやおばあちゃんと同じで何も見えない。

なんで？　俺はただ、言いたいことを言っただけなのに……。

「消えた……」

そう呟くと、雨沢は「何が？」と首を傾げた。

「色が、消えた」

今こうしている時も、公園にいる見知らぬ人の色は見えているけど、雨沢の色は確かに消えている。

「壊せたってこと？」

「もしかすると、壊せたのかも」

簡単じゃないと思っていたことが、簡単にできてしまった。

「だったら、練習成功だね」

勢いで口に出してしまったお母さんのことについては、雨沢は何も聞いてこなかった。ちょっと意外だけど、もしかすると気遣ってくれたのかもしれない。

「あと一週間しかないけど、学校楽しいって思えるといいね」

「うん。そうだね」

気がつくと、空を染めていた青がオレンジ色に変わっている。ちょっと楽しげな色だ。

「そろそろ帰らないと」

ふたりでジャングルジムを下りると、雨沢が言った。

「俺も、帰る。あのさ……ありがとう」

少し照れ臭かったから声が小さくなってしまったけど、雨沢は「うん」と言ってやっぱり笑った。雨沢は、笑顔がすごく似合う。

――その日の夜、俺は家族に自分の気持ちを告げた。

幸子さんがお母さんになって、お母さんという存在を初めて知って、いなくなってしまうのが怖いと思ったこと。だから、言いたいことを我慢していい子になろうとしていたこと。お母さんと呼びたいのに、呼べずにいること。

これからもずっと、家族でいたいということを。

泣かないようにしようと頑張っていたのに、喋っているうちにやっぱり涙が出てきて、あまりうまく言えなかった。

幸子さんも泣いていて、「気づいてあげられなくてごめんね。家族なんだから、ずっと一緒にいるのはあたり前でしょ」と言って、泣きながら笑ってくれた。

お父さんにも気づかなかったことを謝られたけど、俺が自分で気づかれないようにしていたんだから当然だ。心の中の気持ちは、言葉にしないと伝わらないんだから。

莉子には「そんなことで悩んでたの？」とか無神経なことを言われたから、俺は怒った。莉子はいつもひと言多いのと、声がでかくてうるさいことを正直に言ったら莉子も怒って、初めて喧嘩になった。そしたら結局どっちもどっちだって、お父さんにふたり揃って怒られたんだ。

怒られたのに不思議とすごくスッキリして、そうやって全部気持ちを吐き出したら、雨沢の時と同じようにお母さんと莉子の色も消えてしまった。

色を壊す武器は、俺自身の言葉だったってことなのかもしれない。


引っ越し先は前の家から電車で一時間半くらいの場所にあって、駅前には便利なショッピングセンターや、公園もある。公園といっても遊具のないただの広場だけど、高台にあるからとても見晴らしがよくて、結構気に入っている。

家族に本音を告げた日から、俺は誰の色も見えなくなったけど、なぜあんな色が見えていたのか本当のところはよく分からない。でもひとつだけ分かったことは、俺は多分、雨沢に救われたということ。

あの日、公園で雨沢に会っていなかったら、今も不安を抱えたまま、俺は自分の気持ちを押し殺していたと思うから。

今日も雨沢は、楽しそうに笑っているのかな。

休日の朝、雨がやんでから公園に来た俺は、公園を囲む柵の前に立って町を見下ろした。

そこにはカラフルな屋根がたくさん並んでいて、空には……。

と、見上げた視線の先に、俺は不思議なものを見た。

「花……？」

青い空の中に、色とりどりの花が咲いていた。

誰がなんと言おうと、俺の目にはそう見えたんだ。

雨上がりの空に咲く花はまるで、

『嫌いになんてならないよ』

そう言って笑った、あいつの笑顔みたいだった――。

＊＊＊

「――で、入学式の日に雨沢の名前を見て、こんなことってあるんだなって驚いた。だけど同じクラスになった雨沢は、あの頃と全然違ってたけどな」

言葉が出ない私を見つめたまま、里美くんが続けて言った。

「雨沢も、見えるんだろ？」

まさか里美くんも、私と同じだったなんて。

頭が混乱しているけれど、何が起こったのかは分かる。それから、里美くんの色だけが最初から見えなかった理由も、ようやく分かった。

まだ色が見えなかった頃の私が、里美くんに対して本音を伝えていたからだ。

「……うん」

私が頷くと、里美くんは「やっぱりな」と呟いた。

「気づいてたの？」

「なんとなくな。まわりのことばっか気にしてる雨沢を見てたら、昔の自分を思い出したから。もしかすると雨沢も同じなんじゃねぇかなって」

かつての自分と今の私を重ねた時に、誰かと話をしている時の私の視線が相手の顔じゃなく、少し上に向いていることに気がついたと里美くんは言った。

その通りだ。私は話をする時、まず相手の色を見るから。相手がどういう感情なのか知ってからでないと、話せなくなっていた。

「てかさ、ぶっちゃけ俺のこと全然覚えてなかっただろ」

「あ、えっと、いや、五年生の時に同じクラスになったことがあるのは覚えてるよ、だけどすぐに転校しちゃったから。ごめん……」

「いいよ、そこは別に気にしなくて。だって五年も前のことだし、しかも喋ったのはほんの一時間くらいだろ？　そん時の会話を覚えてろっていうほうが無理な話だし」

「ほんとにごめんね」

「謝る必要なんてねぇよ。俺にとっては運命を変えるくらい大切な言葉だったとしても、言った本人にとってはごく普通のことだったたってだけなんだから」

昔は確かに本音で生きていた。子供だったということもあるけれど、言いたいことを言って、ただ毎日楽しく笑っていた。そんな私が、気づかないうちに里美くんの力になれていたという事実が、今はとても嬉しい。

「まわりに気を使うことは何も悪いことじゃないし、色が見えたままでも雨沢が自分らしくいられるならそれでいいと思ってたんだ。だけど、どう見ても雨沢が苦しんでいるようにしか見えなかったから、だからどうにか自分の気持ちを吐き出してほしくてさ」

里美くんの自分勝手な言動は、全部私のためだったのかもしれない。

「今度は雨沢が壊す番だろ？　壊すための武器はもう分かってんだから」

まわりの目ばかり気にしてしまう私のカラフルな世界を、私自身で壊す。

「私に、できるかな……」

「できるだろ。俺にハッキリ変な顔って言えたんだし」

「あ、あれはそういう意味じゃなくて」

「分かってるよ。だけど、もし壊せなくても、上手く言えなくても、別にいいじゃん。生きてたら間違いとか失敗とかあたり前にあるわけだし、結局それの積み重ねだろ？」

「……うん」

自分らしいということがなんなのか、正直よく分からない。だけど、こんな私でも千穂と菜々子は受け入れてくれた。

ふたりから色が消えた時、すごく安心したんだ。重く圧しかかっていた何かが、ロウソクの火を吹き消すみたいに胸の中からパッと消えて、心が軽くなった。

だから、私が私でいるために、色を壊したい。

「ひとつ言えることは、雨沢が何を言っても、どんな奴でも、俺は嫌いになんてならない。俺はそういう雨沢のこと、嫌いにならないから」

それは、かつて私が里美くんに言った言葉らしい。覚えていないけど、家族以外にもそんなふうに思ってくれる人がいると思うと、なんだかとっても楽になる。

「昔の私、結構いいこと言ったんだね」

「まぁな。だけど、嫌いにはならないけど、言うべきことは言うからな」

「何それ、怖い」

「あたり前だろ。ムカついたら言うし、間違ってると思っても言う。その代わり、雨沢が俺に対してそう思ったら、遠慮なく言えよ。結局、言葉にしなきゃ思いなんて伝わんないんだから」

その通りだ。いくら色が見えていたって、それは怒りとか悲しみとか喜びとか、ただの感情でしかない。その中にある本当の思いを知るためには、やっぱり相手の言葉を聞くしかない。

「私、壊してみる」

決意を込めた視線を里美くんに送り、私は目の前にある真っ白な旗にそっと触れた。

「それでね、旗なんだけど。私やっぱり……――」

＊

翌日。一時間目のロングホームルームで、私は里美くんと一緒に教室の前に立った。

緊張で足が震えて、心臓の鼓動がどんどん速くなる。

「実は、体育祭の旗がまだできていません。というか、今はこういう状態です」

私の言葉に合わせて、里美くんがクラス旗を広げて黒板に磁石で留めた。

そこにあるのは、真っ白な旗の中心に木の幹があって、そこに【勝利】という文字が書いてあるだけだ。

「えー？　これだけ？」

「マジすげーシンプル」

「ほんとにこれなの？　ちょーダサいんだけど」

カラフルな色が混ざり合う教室の中で、様々な言葉が飛び交った。これを見れば誰だってそう思うに決まっている。だけど私は、騒がしいクラスメイトに向けて続けた。

「あの、これで完成というわけじゃなくて、最後の仕上げは今ここでやろうと思うんですが。そのデザインは……」

教室の正面にある電子黒板に映し出されたのは、投票をした時に間違えたと言って、すぐに消してしまったデザインだ。

本当はずっと、これを旗にしたいと思っていた。けれどダサいという声が聞こえた瞬間、私はその本心を隠した。否定されるのが怖かったから。でも、私が私であるために、本当の気持ちを言葉にしなきゃ。

目の前に広がっているこのカラフルな世界を、私は壊したい。

一度視線を下げて目を瞑った私は、スーッと息を大きく吸い込む。そして、両手を教卓に置いて顔を上げた。

「私は、一年二組のクラス旗をこのデザインにしたいです。そのためには、みんなの協力が必要なんですが……」

すると、一瞬静寂が走ったあと、誰かが「めんどくせぇ」と言った。

それを皮切りに、「旗係が作るんじゃないの？」「手形とかだせぇ」「結構いい案だと思うけどな」「なんでもよくね？」と、各々が思ったことを口に出しはじめた。

その声を表すかのように、教室の中の色はバラバラだ。少し前の私なら、この色を見た瞬間に怖気づいて、また思ってもいない言葉を並べてしまっていたと思う。

だけど今は、隣にいる里美くんと、真剣な表情で私の話を聞いてくれている千穂と菜々子の存在が、私に力を与えてくれる。

「聞いてください。あの、あたり前だけど、クラスには色んなタイプの人がいて、同じ人はひとりもいません。だから、そういう旗を作ったらこのクラスらしいかなと思ったんです」

勝利の文字を中心にして、好きな色をいくつ使ってもいいから全員が自分の手形を押し、それを葉っぱに見立てて木を描けば、きっと素敵な旗になる気がするから。

「みんなのバラバラな手形がひとつの大きな木になれば、唯一無二の素敵な旗になると思うんです。だから、協力してください。お願いします！」

そう言って、頭を下げた。

クラス全員の意見をひとつにするのは難しいし、きっと中には他のデザインがいいという人もいると思うから、私はこうやってお願いをするしかない。

しんと静まり返った教室の中で、自分の胸の鼓動だけが響いているような感覚になった。顔を上げるのが怖い。そう思った時。

「私は手形のクラス旗いいと思うな」

「うんうん、あたしも賛成！　自分の手形が旗になるって思い出に残るし、写真映えもしそう」

その声に、私はパッと顔を上げた。視線の先には千穂と菜々子がいる。

「思ったんだけど、体育祭は明日だから嫌な人は他の案を出してもらうべきだと思うな」

続けて千穂が言うと、矢野くんがガタンと椅子を鳴らして勢いよく立ち上がった。

「俺はマジで百パーセント賛成！　手形押すの楽しそうじゃん」

里美くんに向かって手を振りながら、なんだか楽しそうにそう言った。

すると、今まで黙っていたクラスメイトも口々に「賛成」と言いながら拍手をしてくれた。

拍手の音が増えるたびに、私の目に見えている色が……ひとつひとつ、シャボン玉が弾けるみたいに消えていく。

そんなクラスの様子を目の当たりにした私は、鼻の奥がツンと痛むのを感じ、強く唇を結んだ。

自分の言葉によって……ううん、助けてくれた友達の言葉と一緒に、私は目に映るカラフルな世界を壊すことができた。

だから、ここから先の世界は、私が自分で作っていかなきゃいけないんだ。

「私も、壊せたよ……」

うつむきながら小声で呟くと、隣にいる里美くんが、みんなには見えないように私の背中をそっと叩いた。

分からないけれど、頑張ったなって言われたような気がして、心の中がじんわり温かくなる。

＊

体育祭本番の今日は、見事な秋晴れとなった。驚くほど透き通った青い空が、高く晴れ渡っている。

各クラスの待機席にはそれぞれのクラス旗が掲げてあって、一年二組の前にももちろんある。

統一感のない色で、たくさんの手形が押されているクラス旗が、風にのって揺れた。バラバラな色だけれど、立派な木だ。

「一年生は、競技の準備をはじめてください」

放送が流れると、一年生最後の競技である全員リレーの前に、矢野くんが円陣を組もうと言い出した。

そんなの恥ずかしいと言う男子もいたけれど、というか里美くんなんだけど、矢野くんが半ば無理やり里美くんを輪の中に入れた。

男子も女子も関係なく肩を組み、私の腕は隣の里美くんの背中に回し、里美くんの腕は私の肩にのっている。正直、この状況はリレーより緊張する。

「よし、じゃあ一年二組全員、自分の出せる力を出し切って、最後は蒼空に丸投げするぞ！」

矢野くんがそうやって声をあげると、

「おいっ！」

という里美くんの突っ込みをかき消すように、全員で「おー！」と声をあげた。

呆れたように笑う里美くんを見上げて、私も笑った。今は多分、小学生の頃と同じように笑えていると思う。

校庭を順番に半周ずつ走って、アンカーは一周走ることになる。もちろんその役目は里美くんだ。

「もーやだ、緊張するよー。転んだらどうしよう。てかあたしマジで遅いから、みんな怒らないでよね」

「大丈夫だよ、菜々子。私だって遅いし、最後は里美くんに丸投げすればいいんだから」

「聞こえてるぞ」

里美くんがうしろにいるのを分かっていて言ったから、私は驚きもせずに「あ、いたんだ」とわざとらしく口にした。

「ま、よっぽど離されてたり周回遅れとかじゃなきゃ大丈夫っしょ。てか、負けても別に誰のせいってわけでもないし」

菜々子の緊張を解してあげようとして言ったんだと思うけど、ぶっきらぼうで愛想がないところは里美くんらしい。

菜々子の次を走る千穂が、コースの反対側からこちらに向かって手を振ってきた。

「ほら千穂もいるし、とにかく肩の力を抜いていつも通りに走ろう」

そうやって菜々子を励ましている私も内心は緊張で体が強張っているのだけど、里美くんがアンカーだと思うと、ちょっと安心する。

一年一組から六組までの一番手が並ぶと、いよいよはじまるという緊張感がどのクラスにも漂っている。

そして先生が腕を上げ、スターターピストルのパンッという音が鳴り響いた。

右手をうしろに伸ばして待つ菜々子の表情に、緊張の色が浮かんでいる。

だけど菜々子はグチグチと文句を言いながらも、バトンの受け渡し練習を頑張っていた。だからきっと大丈夫。

祈るように見つめていると、第一走者が近づいてきて、二位で菜々子にバトンを渡した。練習の甲斐あって、スムーズにバトンを受け取った菜々子は、左手に持ち替えて懸命に走る。

すぐうしろにいた三位のクラスに抜かれてしまったけれど、菜々子が千穂にバトンを渡した瞬間、千穂はスイッチが入ったように一気にスピードを上げた。綺麗なフォームですぐに前の生徒を抜かし、そして先頭を走る生徒の真うしろまで来たところで、四番手にバトンを渡す。

もうすぐ私の番だ。コースに出た私は、心臓を押さえながら走っているクラスメイトを目で追う。そして練習通り前に出た私はバトンをしっかりと受け取り、左に持ち替えて走り出す。

足がもつれないように、だけど精一杯。ただ前を向いて走った。

そして抜かれることなく二位でバトンを渡した私は、菜々子の隣に倒れ込むようにして座った。疲れたけれど、視線は上げたままリレーの行方を見守る。

上位三組が抜きつ抜かれつのデッドヒートを繰り広げ、いよいよアンカーの出番となった。

里美くんがコースに出ると、クラスメイトが「頑張れよ」と各々声をかけ、私も心の中で祈る。

六クラスある中の三位でバトンを受け取った里美くんは、長い足で地面を蹴り上げ、疾風のように駆け出した。

まず目の前にいる二位の生徒を抜かすと、少し離れた先を走る生徒との距離がどんどん縮まっていく。それに伴って、私たちの応援にも熱が入った。

最初はためらっていた私もまわりに刺激されて声を出し、クラス全員が里美くんを見つめながら応援に熱を入れている。

バラバラなクラスが、この時だけは間違いなくひとつの方向に向かっていた。走っている里美くんを見ているうちに胸の中が熱くなって、激しく心臓が鼓動する。

ぐんぐんと追い上げていく里美くんが、最後の直線に入ったところで一位の生徒と並んだ、私は祈るように胸の前で両手を握りしめ、そして……。

「里美くん！　頑張れー！」

私が声高く叫ぶと、ゴール一歩手前で里美くんが相手を抜かし、一位でゴールテープを切った。その瞬間、広い校庭にけたたましい歓声が沸き上がる。

ゴールしてすぐ、里美くんは二位の生徒のそばに駆け寄って何か声をかけていた。爽やかな笑みを浮かべているふたりは、互いの健闘をたたえ合っているのかもしれない。

「蒼空やっぱすげーよ！　漫画のヒーローかよ！」

クラスメイトのもとに戻ってきた里美くんの肩を、矢野くんが嬉しそうに喜色を浮かべながらがっしりと掴んだ。他の生徒も次々と声をかける。全員リレーをあんなにも嫌がっていた菜々子は、目に涙を浮かべて喜んでいた。

鳴りやまない拍手の音と歓声の中で、私はじわりと溢れそうになる涙をこらえながら高い空を仰ぐ。

空気を読んで色を見て、自分の本音を隠すこと。自分が傷つかないためにもそれが一番だと思っていた。

だけど、狭い教室には想像以上に色んな感情が溢れていて、それぞれが違ってあたり前。ぶつかって分かり合えることもあるし、合わない相手だって当然いる。だけど、私たちが作ったクラス旗のように、バラバラだから綺麗に見えることだってあるんだ。

大事なのは、無理に同じ色に合わせるよりも自分がどうしたいのかということと、その上で相手のことを思いやる気持ちなのだと思う。

分かっていてもできないこともあるけれど、目に見える色だけに左右されていた時より、今のほうがずっといい。そのたびに悩んで、言葉にして伝えて、そうやって少しずつ前に進むしかないんだから。

体育祭が無事に終わり、我が一年二組は全クラスの中で準優勝という好成績をおさめた。

どうせなら優勝したかったと言ったり、準優勝できたらじゅうぶんだと満足するクラスメイトもいて、ここでもやっぱりみんなの気持ちはバラバラで、だから面白い。

私はというと、みんなが精一杯頑張ったことに変わりはないのだから何位だっていいと思うけれど、でもやっぱりちょっと悔しい気持ちもある。

ただ、高校一年の体育際は、私にとってきっと忘れられない思い出になったことに間違いはない。

「雨沢、これ持てるか？」

「あ、うん。持てるよ」

里美くんからバトンが入ったカゴを渡され、私はそれを受け取って運んだ。

椅子はそれぞれが自分で教室に運ぶのだけれど、各クラスの学級委員と体育祭実行委員、それからクラス旗係はみんなが下校したあとに残って、後片付けをすることになっている。

私と里美くんも競技に使った物を倉庫に運んだりと、最後まで係として働いた。

「なんか雨降りそうだから急ごう！」

誰かの声に反応して見上げると、さっきまで明るかった空に怪しげな雲がかかっている。そういえば夕方頃に、にわか雨があるかもと今朝の天気予報で言っていた。

先生とも協力して急ピッチで校庭の片付けを終えたあと、私はクラス旗を持ち、里美くんは私の分も椅子を持って教室へ戻った。

それからクラスの学級委員と体育祭実行委員の女子と共に、西棟一階にある更衣室で着替えを終えると、ふたりはそのまま下校した。私は持ち帰ろうと思っていたノートを取りにいったん教室に戻るため、三階に上がる。

渡り廊下を進んでいると、予報通りザーッと強い雨が突然降りはじめた。校庭にいた生徒が騒ぎながら慌てて校舎に向かっている。

里美くんは、もう帰ったかな。学校を出たばかりだったら、今頃雨に打たれているかもしれない。駅に入っていればいいけれど、里美くんのことだから面倒だとか言って濡れても雨宿りなんてしないで、お構いなしにそのまま帰ってしまいそうだ。

風邪、引かなきゃいいな。

雨の音を聞きながら渡り廊下を抜けて階段を上がり、東棟の教室を目指した。廊下は、体育祭の盛り上がりが嘘みたいに静寂に包まれている。

週が明けたら今度はテストがあるから、体育祭の余韻に浸っている暇なんてなくて、あたり前の日常があたり前に進んでいく。そう思うと少しだけ寂しいけれど、少しだけ楽しみでもある。

昨日、クラスのみんなの前で本音を言ったあと、すべての人の色が見えなくなった。もしかすると、色が見えていたこと自体が私の不安からくる思い込みだったのかもしれない。今となっては分からないけれど。

そんなことを思いながらドアを開けると、窓際に座っている里美くんが目に入って、思わず二度見した。

「まだ帰ってなかったの？」

「あぁ、帰ろうと思ったら雨降ってきたから」

「そっか」

自分の席に向かった私は、机の中からノートを取り出して鞄に入れた。

ふと振り返ると、うしろの黒板にはみんなで完成させたクラス旗が掲げてある。せっかくだからと先生に許可を取って、テストまでのほんの三週間だけ飾ろうということになったからだ。

改めて、形も色も全然違う手形は本当にバラバラなのに、こうやってひとつのデザインになると逆に個性的で素敵に見える。

「ほんと、あいつら色の統一感とか完全に無視してるよな」

いつの間にか私の隣に立っていた里美くんが、同じように旗を見上げて呟いた。

「そういう里美くんだって、木だって言ってるのに黒を選んだじゃん」

「そりゃ黒が好きなんだから、しょうがないだろ。雨沢は何色にしたんだっけ？」

「私は、緑と紫だよ」

「見事に反対の色だな」

「まぁいいじゃん。みんな好き勝手に手形を押したけど、こうやって唯一無二のクラス旗ができたんだし。それに、体育祭も予想以上に盛り上がったからね」

「だな」

「係に立候補した時は、こんなに楽しい体育祭になるなんて正直思ってなかった」

けれど体育祭が終わった今、クラス旗係になってよかったって、心からそう思える。

「里美くん」

「ん？」

「ありがとう」

「こっちこそ、ありがとう」

照れ臭さを隠すように、私たちは旗を見つめたまま互いに告げた。

ほんの数分だけ無言で旗を見ていると、窓から差した光がスポットライトのようにクラス旗を照らす。

「あっ、雨上がったよ」

光の方向へ顔を向けると、空はまた、もとの青色を取り戻していた。やっぱりにわか雨だったようだ。

「ほんとだ。じゃあ帰るか」

「うん」

一階に下りて下駄箱で靴に履き替え、ふたりで校門を出たところで、私は思い出して足を止めた。

「そうだ、これ。借りてたやつ」

綺麗に洗ってアイロンをかけた水色のハンカチを、里美くんに返した。

私が泣いてしまった時に、里美くんが珍しく狼狽えながら渡してくれたハンカチだ。

「あぁ、忘れてた」

そう言って受け取った里美くんは、ハンカチをポケットに入れて再び歩き出す。

私は、里美くんのうしろを歩いた。並んで歩くのは少し恥ずかしかったから。

大通りを行き交う車が、時々道に溜まった雨水を弾き飛ばし、道沿いに植えられている木々からは、ポツポツと小さな宝石のような雫が垂れる。

雨上がりの道路は、キラキラしていてちょっと綺麗だ。

「そうだ、雨沢」

急に立ち止まった里美くんが、くるりとこちらを向いた。

「もし空に花が咲いたら、俺とつき合うって言ったこと、覚えてる？」

「えっ!?」

確かにそんな話をしたけれど、言ったのは私じゃなくて里美くんだ。しかも私は承諾していない。

でもまぁ、空に花が咲くなんてことはないのだから、ここで慌てる必要なんてないか。

そう思って気持ちを落ち着かせながら里美くんに視線を向けると、里美くんは私のうしろを指差した。

「咲いたよ、花」

「えっ？　まさか」

驚いて振り返り、里美くんが指差す方向を目で追った。

するとそこに見えたのは、綺麗な虹だ。雲が晴れた空の隙間に、美しい七色の虹がかかっている。

「空に花が咲いたんだから、つき合うってことでいいよな」

一瞬思考が停止してしまったけれど、慌てて気持ちを落ち着かせて冷静になった。

「いや、どう見ても虹じゃん」

「花だよ。よく見てみ、カラフルで綺麗な花がアーチ状に咲いてんじゃん」

「いやいや、だからそれが虹なんだって」

「いいんだよ、細かいことは」

戸惑う私に一歩近づいた里美くんは、私の頭のうしろに手を回し、そのまま自分のほうへグッと引き寄せた。

突然のことでわけが分からない私は、里美くんの胸に埋もれたまま固まった。

——……!?

ドクンドクンと早鐘を打つ鼓動が聞こえるけれど、これは自分ではなく里美くんの音だ。

「雨沢のおかげで色が消えたあと、転校した俺はこの目で見たんだ。空に、綺麗な花が咲いているのを。虹だと言われたらそうかもしれないけど、あの時の俺には花に見えて。だから高校生になって雨沢と再会した時に、その時の景色を絵に描きたいって思ったんだ」

「それって、もしかして……美術館の？」

「そう。あれは、雨沢のことを考えていた時に見えた景色なんだ。俺の世界を変えてくれた雨沢に、今度は俺が空に咲く花を見せてやりたいって思った」

美術館に飾られていたあの絵は、私を想って……。

里美くんの体温を通して響く声が、こんなにも心地いいとは思わなかった。

「想ってるだけじゃ伝わらないから言うけど……好きだ。俺は、雨沢のことが好き」

そう言って手を解いた里美くんを、私は見上げた。

「俺の運命を変える大切な言葉をくれた雨沢が、好きだ。だけど、言いたいことを言わないでまわりの目ばっか気にしていた雨沢も、本当はまとめるのが苦手な雨沢も、家ではだらしないっていう雨沢も、クラスのみんなの前でハッキリ自分の気持ちを吐き出した雨沢も、俺のことを大嫌いだって言った雨沢も、どんな雨沢花蓮も、俺は好きだから」

「里美くん……」

私と里美くんは正反対だから、好きになることは絶対にないと思っていた。だけど、雨が降って初めて空には虹が、花が咲くんだ。雨と青空は、正反対だけど重ならないわけじゃない。

「私、里美くんのことが苦手だった。ひとりだけ色が見えなくて、何考えてるか分からなくて、本当の里美くんが見えないことが不安だったんだ。だけど、里美くんは最初からずっと、私に本当の感情をぶつけてくれていて、そんな里美くんが……私のカラフルで息苦しかった世界を壊してくれた」

「壊したのは雨沢自身だろ」

「そうだけど、でも里美くんがいなかったら、私は今でも変な顔で笑っていたと思う。自分らしさって正直よく分からないけど、自分の弱い部分とか駄目な部分とか、そういうのがあってもいいんだって思えたのは、里美くんのお陰だよ」

そういう私でも、そばにいてくれる人がいるっていうことを、知ったから。

里美くんと千穂と菜々子がいるというだけで、今まで見えていなかった世界が広がったように思える。

「俺はさ、雨沢が俺にしてくれたことを返しただけだよ」

今までたくさんふたりで過ごしてきたのに、里美くんに微笑みかけられると、これまでとは違う感覚が胸を締めつけた。苦しいけれど愛おしくて、里美くんの隣にいる自分を想像すると、胸の中に花が咲いたような明るい気持ちになれる。

これが、好きになるっていうことなのかな。

「で、返事は？」

「あっ、えっと、とりあえず一度よく考えてみて……」

「面倒だから考えなくていい。今日から花蓮は俺の彼女な」

「えっ⁉　ちょっと、少しくらい考えさせてよ」

「何を考えるんだよ。つき合うかつき合わないかの二択しかないだろ？」

「そうだけど、でも考えさせてとか言うのが普通じゃん。一回言ってみたかったし」

「普通なんて知らねぇよ」

「でた、また自分勝手。里美くんはちょっと強引すぎるんだよ」

「じゃー嫌なのか？」

「い、嫌とか、そういうわけじゃないけど。でもなんかムカつく」

「なんだよムカつくって。俺なんもしてないじゃん」

「この際だから言っておくけど、私には私の意見があるんだから、これからは食べたいものとか行きたいところとか勝手に決めないでよね」

「もしかして美術館行った日のこと、まだ根に持ってんの？」

「別に根に持ってるわけじゃないし！　ていうか、里美くんはモテすぎるから心配なんですけど！」

「は？　そんなの俺のせいじゃないだろ。ていうかなんで怒ってんの？」

「これは怒ってるんじゃなくて、不安に思ってるんです！」

「あ〜なるほど、つまりそれは俺が好きだから不安ってことか」

「そうだよ」

予想外だったのか、里美くんは目を大きく見開いた。

「色々気になることとかあるけど、でも私はそういう里美くんを好きになったんだと思う。私は、里美くんのことが好き」

不安もたくさんあるし、まわりの目を気にしてしまうこともあると思う。だけど里美くんと一緒なら、そんな世界の中でも、自分の道を進んでいける気がした。

「随分回りくどい返事だな」

「うるさい」

「んじゃ帰るぞ、花蓮」

そう言って里美くんは私の手を握り、歩き出す。

つまずいたっていい、間違えたっていい。

それでもそばにいてくれる人たちと一緒に、

今しかないこの時間を、ゆっくりと、一歩ずつ——。

END

あとがき

こんにちは、菊川あすかです。このたびは『雨上がりの空に君を見つける』をお読みくださり、ありがとうございます。

この物語を考える時に、私が大事にしたいなと思っていたことのひとつは、できるだけ共感してもらえる主人公を書きたかったということです。そして生まれたのが、人の感情が色で見えるという主人公、雨沢花蓮です。

もちろん感情が色で見えるという人はいないとは思いますが、花蓮と同じように〝嫌われたくない〟という気持ちを抱いたことがある人は、結構いるのではないでしょうか。特に学生の頃ですが、私もその一人でした。

そしてもうひとつは、明るく、前向きになれるような話にしたいということ。

花蓮は、過去の出来事により自分の本音が言えなくなって色々と悩みますが、それだけだと暗くなってしまいそうな花蓮の気持ちを変える存在、それが里美蒼空というキャラクターです。

先にあとがきを読むという方もいらっしゃると思うのでネタバレは避けますが、蒼空の自分勝手とも思える言動のすべてには理由があり、それを知った時、花蓮はどうするのか……。

そして忘れてはならないのがふたりの友だち、千穂と菜々子。彼女たちも、この物語と花蓮にとってとても大切な存在です。彼女たちとのやり取りを通して、本音をぶつけ合って喧嘩をしたとしても分かり合える、〝どんな自分でも受け入れてくれる人はきっといる〟ということを伝えられたらなと思っています。

ラストでは、花蓮と蒼空のやり取りを読みながら雨上がりの空にかかる虹を想像し、読んで下さったみなさんが笑顔になってくれたら嬉しいです。私は何度呼んでもニヤニヤしてしまいます。

最後になりますが、書籍化にあたりお世話になった担当さんやライターさん、出版社の方々、素敵な表紙を描いてくださった萩森じあさん、デザイナーさん、そして読者の皆さま。他にもたくさんいらっしゃいますが、この作品にかかわってくださったすべての方々に感謝申し上げます。

悩みながらも成長していく花蓮の姿を見て、少しでも笑顔になってくださったら幸いです。最後までお読みくださり、ありがとうございました。

菊川あすか

この物語はフィクションです。実在の人物、団体等とは一切関係がありません。

菊川あすか先生へのファンレターのあて先
〒104-0031　東京都中央区京橋1-3-1　八重洲口大栄ビル7F
スターツ出版（株）書籍編集部 気付
菊川あすか先生

雨上がりの空に君を見つける

2024年4月28日　初版第１刷発行
2024年6月10日　　　　第２刷発行

著　者　　菊川あすか　

発 行 人　　菊地修一
デザイン　　フォーマット　西村弘美
　　　　　　カバー　長﨑綾（next door design）
発 行 所　　スターツ出版株式会社
　　　　　　〒104-0031
　　　　　　東京都中央区京橋1-3-1　八重洲口大栄ビル7F
　　　　　　TEL　03-6202-0386　（出版マーケティンググループ）
　　　　　　TEL　050-5538-5679（書店様向けご注文専用ダイヤル）
　　　　　　URL　https://starts-pub.jp/
印 刷 所　　大日本印刷株式会社

Printed in Japan

ISBN　978-4-8137-1575-7　C0193